Derechos reservados
© 2014 César Silva Márquez
© 2014 Editorial Almadía S.C.
        Avenida Independencia 1001 - Altos
        Col. Centro, C.P. 68000
        Oaxaca de Juárez, Oaxaca
        Dirección fiscal:
        Monterrey 153,
        Colonia Roma Norte,
        Delegación Cuauhtémoc,
        C. P. 06700, México, D.F.

www.almadia.com.mx
www.facebook.com/editorialalmadia
@Almadia_Edit

Primera edición: agosto de 2014
ISBN: 978-607-411-160-6

Impreso y hecho en México.

CÉSAR SILVA MÁRQUEZ LA BALADA DE LOS ARCOS DORADOS

Almadía

A Rodrigo Silva Velasco

Cuando yo entré en su vida, su vida ya había acabado: ha tenido un principio, un desarrollo y un final. Esto es el final.

No es país para viejos
CORMAC McCARTHY

Seamos claros en esto: en algún momento o en otro, la mayoría de nosotros deberá luchar con sus demonios personales.

Los hombres malos hacen
lo que los hombres buenos sueñan
ROBERT SIMON

¡Tal vez ya prendieron el reflector para pedirte auxilio! [...] y allí están doblados tu traje de héroe y tus sentimientos de héroe, listos para cuando entres en acción.

"Batman"
JOSÉ CARLOS BECERRA

Así comienza la película.

En primer plano aparece una fotografía donde mi padre mira hacia la cámara; luego es la foto de mi madre en el jardín de nuestra primera casa, en Infonavit, un jardín como un pequeño parche verde y polvoso con un manzano torcido al centro; pronto le sigue mi hermana de dos años huyendo de la lluvia, tratando de alcanzar el zaguán. Al norte están los amplios cielos de Texas. Para mí, el sur es un sueño diluido en bostezos cuyo nombre sólo aparecía en la televisión los domingos por la mañana cuando veía el programa de Chabelo. Lentamente surge mi mejor amigo en pantalones cortos jugando a ser Superman, con los brazos extendidos y los puños cerrados, cortando el aire. Así llega el título de la película en letras grandes y un fondo negro que por segundos oculta lo que sucede, como si el espectador entrara en un túnel porque, a fin de cuentas, para ver una película hay que llegar al otro lado de lo que sea que tengas que llegar, de la vida misma si se quiere. Y cuando el título se desvanece, cuando llegamos al final del túnel, está el sonido crudo de los autos, el rugido de los motores, el claxon histérico de una camioneta en la distancia, una sirena abriéndose paso. Comienza la toma aérea de la ciudad en medio del desierto oscuro, donde las luces son como miles de ojos de liebres cargados de luz. Alguien me ha puesto una pistola en la nuca, alguien me dice que voy a morir, que así tiene que ser, que me lo merezco, que si no sabía que en El Diario, donde trabajo, tienen oídos, así lo dijo, pendejo, qué no sabes que en El Diario tenemos oídos. En ese momento mi vida es una película, y los héroes no aparecen. Sólo hay gente que camina por las calles destruidas del centro, evadiendo los rincones más oscuros, mujeres que hablan por teléfono sin percatarse de lo que pasa, gatos dormidos en terrazas y perros a punto de ladrar. Cuando siento el cañón de la pistola en la piel, pienso en todo lo que no he hecho en la vida, en cómo nunca he estado en Zihuatanejo, por ejemplo, o cómo nunca me he lanzado en paracaídas. Pienso en Rebeca. En las uñas de Rebeca, sus muñecas y torso, en Rossana y su voz y piernas. Por un momento, en un solo parpadeo largo, del cual creo que no volveré a abrir los ojos, pienso en mi abuelo. Deseo un pase. Cuidándome de la coca tanto tiempo, para morir aquí arrodillado. Sin duda, por más que hagas cambios en tu vida, de una manera u otra, todo lo que has hecho se paga. Como si una gitana te hubiera echado una maldición. Mi abuelo murió dos años antes de que yo naciera, en San Luis Potosí. Lo único que tengo de él es el recuerdo de una fotografía sobre el umbral de la puerta de la sala de mi abuela. Luego ella murió y vendieron la casa. Y mientras siento la muerte, por tercera vez en mi vida, pienso en el bigote mal recorta-

do de mi abuelo. *La cocaína es mi kriptonita, pero se debe
ser un hombre de acero para no tener miedo a una bala
que te partirá en dos la cabeza. Lo había visto ya tantas
veces en estos últimos días.*

En una de mis primeras entrevistas cuando comencé
a trabajar en El Diario, le pregunté a un joven de veinticinco años por qué había asesinado a sus padres y a su
hermana pequeña. Me dijo que ya no lo tomaban en
cuenta y que ahora por las noches veía a la niña muerta
en la esquina del catre. Después miró al suelo y me preguntó si yo veía a los muertos. Le dije que no. Él se enco-
gió de hombros y me pidió un cigarro que de inmediato
le negué. Tenía la nariz rota y un bigote de sangre seca
porque los custodios lo golpearon durante la noche, como
una forma de bienvenida.

Ahora estoy aquí y un tipo me dice que me creo mejor
de lo que soy y vuelvo a sentir el cañón una, dos veces y
la gente pasa y los autos rugen.

Me llamo Luis, y un tipo presiona su pistola contra
mi nuca.

14 Luis Kuriaki es periodista. Tiene veinticuatro años y trabaja en *El Diario de Juárez*. El día de su cumpleaños número dieciocho, su madre le regaló una cámara Nikon de obturador automático. La primera vez que consumió cocaína fue en 2004, a los diecinueve. A los veinte se dio cuenta de que vivía para ella, y después de cada pase se juraba que ese vacío que le provocaba sería el último. A los veintiuno, en medio de una fiesta y al lado de su mejor amigo, el Topo, sufrió una sobredosis. El Topo lo llevó al hospital. El Topo tenía miedo de que se fuera a morir en el camino hacia el hospital. Pero no fue así. Luis entró en una clínica de rehabilitación, en la cual duró poco más de un mes. La segunda sobredosis sucedió al cabo de tres meses, frente al océano Pacífico, en Mazatlán. Era verano. El Topo le pidió que tomaran coca juntos. El estira y afloja se dio de inmediato. Razones en contra y razones a favor. Y el mar tan basto no dejaba decidir. El Topo ganó. Esa vez no pudo llevar a Luis a urgencias: el Topo murió ahí mismo, echando espuma por la boca. Sacudiéndose como un pez fuera del

agua. A Luis lo llevaron al hospital más cercano y el dinero de los padres fue suficiente para que aquel desastre se arreglara sin intervención policiaca ni de los medios de comunicación. Luis hizo a un lado la cocaína. Soñaba con ella. Se hacía en un desierto de cocaína. En una tierra cubierta de nieve. Luego los sueños comenzaron a disminuir, así como el ansia. Pero el ansia siempre rugía, sólo tenía que rascar un poco la superficie de los recuerdos y ahí estaba, palpitante y oscura.

En Ciudad Juárez comenzaron los asesinatos de gente que vendía coca, mota y pastillas, conocidos como *puchadores*. Uno de los primeros en morir fue el hermano de Pancho Azueta, amigo de infancia de Luis. Le quemaron los pies, le cortaron una mano y lo dejaron desangrándose. Luis supo del caso por la televisión, luego la historia se complementó por sus amigos. Luis terminó la carrera de comunicaciones a los veintitrés y comenzó a trabajar en *El Diario de Juárez* como reportero de nota roja. Así conoció al *Chaneque*.

El verdadero nombre del Chaneque es Julio Pastrana. Le dicen el Chaneque porque viene de Veracruz. Lo transfirieron a principios de 2003. Mejor dicho, solicitó su cambio porque su prima Margarita, que vivía acá, un día dejó de llamar a casa. Su tía de inmediato le suplicó que investigara lo que sucedía, porque había tenido un sueño donde su querida Margarita nadaba incansablemente en una alberca sin fondo ni orillas. Él, de inmediato, se comunicó a Ciudad Juárez. Le pidió a un conocido, el agente de tránsito Edgar Luna, que le ayudara a encontrarla. Pero no fue posible. La casa que supuestamente habitaba la muchacha había quedado vacía tiempo atrás sin haber dejado rastro. Para el agente Pastrana fue frustrante. Entonces tuvo la posibilidad de pedir su transferencia a la frontera. Y la búsqueda siguió, pero sin más frutos que chascos. Parecía que se la había comido la tierra. Había veces en que era preferible pensar esto a llegar a la conclusión (la más obvia) de que Margarita había terminado asesinada como tantas más mujeres en Ciudad Juárez. Ante este pensamiento, prefería suspirar profundo y luego masajearse los ojos.

Un día, a principios de diciembre, cerca de la media noche, el agente Pastrana llegó a la esquina de Alí Chumacero y Pedro Garfias. Los vecinos llamaron a la estación porque justo cuando oscurecía, una camioneta Sonoma de color negro y vidrios *tinteados*, había dejado en la calle una bolsa de plástico. El agente acudió de inmediato. En la escena del crimen se encontraba Luis Kuriaki.

Y tú quién *chingaos* eres, le preguntó el agente.

Prensa, dijo el muchacho y, sin dejar de mirar la bolsa, alzó al nivel de los ojos su credencial de *El Diario de Juárez*.

Pinches soplones, murmuró el agente Pastrana.

Cuando llegaron los refuerzos, a mano limpia, un policía gordito y muy moreno abrió la bolsa. Se hizo a un lado y vomitó. Se acercó el agente Pastrana y con el pie movió la boca de la bolsa para ver el interior. Era la cabeza de un joven. Con los ojos hinchados. Luis tomó la foto y se acercó un poco más para darle un billete de cien al agente Pastrana, luego algo hizo clic en su cabeza. Se quedó boquiabierto. Aquella cabeza la conocía.

Chingao, dijo Luis para luego vomitar.

No chingues, reparó el agente Pastrana, de este lo entiendo, dijo señalando al policía gordito, pero de ti.

Es que lo conocía.

El agente escupió al suelo, cerró la bolsa y la puso en la cajuela de la patrulla. El sonido que hizo la cabeza adentro fue apagado. Pinche mundo, le dijo a Luis antes de subirse al auto y alejarse de ahí.

Así se conocieron, por la cabeza de un yonqui amigo de Luis que siempre le conectaba lo que fuera cuando ya eran pasadas las tres de la mañana.

De regreso en casa se preparó un cereal Froot Loops con leche deslactosada y se fumó tres Marlboro antes de dormir. Pero lo despertó la voz de su amigo muerto.

Quién está ahí, preguntó Luis, y miró en derredor.

Samuel.

Cuál Samuel, preguntó Luis tratando de ahogar un grito, te refieres al muerto.

Soy yo, contestó su amigo.

Me estoy volviendo loco, dijo Luis, tocándose el pecho, el corazón estaba por estallarle.

No te estás volviendo loco, toma aire, respira profundo; más, así, deja de temblar. Luis tomó la cajetilla de cigarros con mano temblorosa, extrajo el último y lo encendió. El susto se diluyó en la nicotina.

Por qué te mataron, preguntó.

Sepa, dijo la voz y agregó, me voy a quedar unos días más por aquí.

Y eso, preguntó Luis, pero su amigo yonqui ya no contestó.

Antes de volver a dormir tomó la cajetilla de cigarros y se cercioró con desgano de que ya no había más. Es un mal sueño, se dijo, y recordó al agente Pastrana escupiendo al suelo para luego tomar la cabeza y depositarla en la cajuela de la patrulla, un pinche sueño, dijo en voz alta y cerró los ojos.

Luis sabía del carácter seco y fuerte del agente Pastrana. En la oficina, el jefe de información le mostró una fotografía donde se veía en primer plano al agente jalando de los cabellos a un raterillo de un barrio de la zona centro, cerca de la Parroquia del Sagrado Corazón. Si te lo topas, es porque hay algo grande. Últimamente todo es grande, dijo Luis, a lo que su jefe sólo asintió con la cabeza, o tal vez no haya asentido sino negado, pero qué más daba. Luego el jefe de información se arremangó la camisa blanca, y de un cajón del escritorio sacó un burrito de chicharrón junto con un refresco de manzana. El historial del agente está cabrón, le dijo a Luis, y comenzó a hablarle sobre la desaparición de la prima.

Luego llegó la peor helada de la historia en Ciudad Juárez. La temperatura bajó más allá de los menos treinta grados centígrados. Un récord. No hubo tubería de agua que se salvara. Era como si a la ciudad la hubieran acuchillado justo en las entrañas. A las doce de la noche del nueve de diciembre, al abrir la puerta de su casa, Pastrana escuchó agua correr en la cocina. Hacía un frío increíble, así que mientras pensaba en cómo era posible que alguien se hubiera atrevido a entrar en la casa de un policía y que sería mejor llamar a sus compañeros, por inercia fue avanzando hasta localizar la fuente del sonido.

A esa misma hora, Luis recibió una llamada de su vecina Rebeca, contándole que en su casa el agua bajaba del segundo piso en cascada por las escaleras.

Dos días después, Luis y el agente Pastrana se volvieron a ver sobre la calle Plan de Guadalupe, justo a la altura de un parque raquítico con árboles que parecían secos. Antes de bajar del auto, Luis se llevó un chicle de menta a la boca.

Una llamada informó sobre la presencia de un hombre tirado bocabajo en el parque.

Cuando llegó el agente Pastrana, Luis ya estaba ahí.

Tardes, le dijo el agente, a lo que el joven acertó en contestar levantando la mano. Se aproximaron con lentitud al cuerpo.

El joven sacó un billete de cien pesos y se lo pasó al agente. Murió congelado, dijo.

No, contestó el agente Pastrana, y con una rama que en algún momento había tomado del suelo le picó el cuello.

Y la sangre, preguntó Luis.

El agente le dio la vuelta al cuerpo. La ropa por enfrente estaba hecha jirones y a primera vista el hombre estaba vaciado. Nada de intestinos, corazón ni hígado, como si fuera sólo una cáscara.

Pobre, dijo Luis, tratando de contener una arcada, pero sin dejar de mirar la escena. Sobrepasaba todo lo visto por él hasta ese momento, a excepción de la cabeza cercenada de su amigo yonqui.

A este pendejo lo venía siguiendo, la semana pasada no pude dar con él, pensé que se había largado al Chuco, dijo el agente Pastrana, y se restregó los ojos con ambas manos. Miró a los alrededores, se cruzó de brazos y sin despegar la vista del cuerpo le preguntó a Luis cómo le había ido con la helada.

Mal, contestó Luis, y tomó otras fotografías. El clic de la cámara de alguna manera lo mantenía en pie, y a su estómago en su lugar.

El agente Pastrana se retiró al auto para llamar a Vizcarra, el forense. Voy a acordonar el área, le dijo al joven.

El agente Pastrana era un caradura. Ha de ser un buen jugador de póquer, pensó Luis, y escupió el chicle ya sin sabor lo más lejos que pudo.

En la oficina de la redacción le mostró las fotografías al jefe. Este las tomó una por una. Deberíamos decir que en la ciudad anda un tigre suelto, dijo.

Cómo.

Un tigre hambriento.

Luis se lo pensó un segundo. Estaríamos plagiando por lo menos dos novelas, dijo.

Imagínate, un tigre comiéndose a estos cabrones.

Una novela es de una mexicana y la otra de un gringo.

Le diré a Rossana que te ayude con la nota, dijo el jefe sin separar los ojos de una de las fotografías.

Las dos novelas están buenas, en la del gringo todos fuman mota, agregó Luis.

El jefe apartó por fin la foto. En Ciudad Juárez nadie lee, dijo, entonces se arremangó la camisa y de un cajón sacó un par de burritos. Quieres uno, le ofreció al muchacho.

Es en serio lo del tigre, preguntó Luis, pero el jefe sólo sonrió y procedió a comerse un burrito de carne deshebrada a la mexicana.

Luis se despidió temblando y se marchó a casa. Pensó en el tigre y se imaginó escribiendo la nota, algo que ver con un circo y un velador borracho. Tal vez alguna pandilla de jóvenes estúpidos haciendo enojar al enorme gato hasta que el candado, enclenque y herrumbroso, cedió. Pero tan sólo era un periodista. Uno bueno, que ya era suficiente. Desde siempre se esforzaba por escribir alguna historia y, en cuanto se sentaba frente a la computadora, las palabras en su cabeza dejaban de oírse. Entonces se quedaba en blanco, o en negro, como si estuviera viendo el interior de un cuarto a oscuras.

Esa noche de nuevo conversó con su amigo yonqui muerto.

Te ves mal, dijo la voz.

A ti no te fue tan mal como al que hallaron hoy, dijo Luis.

Su amigo guardó silencio un segundo. Al final el resultado es el mismo, atinó a decir.

Tal vez, contestó Luis, y después de una pequeña pausa le preguntó qué se sentía estar muerto.

Sientes sueño y hambre al mismo tiempo, pero no frío, dijo el amigo yonqui, luego le dijo que le agradaba estar ahí, pasar el tiempo frente al televisor o la ventana, si pudiera me iría a casa, pero me hipnotiza este lugar, la esquina con los libros y las películas porno detrás del peinador, agregó, pero esto último Luis no lo escuchó porque ya se había vuelto a dormir.

Al día siguiente, la nota sobre la muerte del muchacho decapitado, de nombre Samuel Benítez, abarcó unas cuantas líneas perdidas entre otras notas rojas igual de descabelladas. Notas pequeñas como salpicaduras de sangre.

El amigo yonqui de Luis se llamaba Samuel Benítez y vivía en la colonia Altavista, en el número treinta y siete de la calle Oro. Bien pudo haber vivido en el Campestre. Tenía el dinero para hacerlo, pero mantener un perfil bajo era importante. No todos lo creían así. Sus amigos, por ejemplo Rodolfo, *el Chemy*, cuando comenzó a trabajar de *puchador*, de inmediato se compró dos grandes esclavas y una cadena de dieciocho quilates de oro blanco cada una. Al Chemy no le gustaban las botas, pero se procuró un par de todos modos. Luego lo levantaron, y a las dos semanas lo descubrieron en un lote baldío en las afueras de la ciudad, con las manos atadas por detrás y sin zapatos. El Chemy se había vuelto una cosa, como un mueble inservible con las patas rotas. Samuel dejó escapar una risita mientras veía la foto de su amigo en el diario vespertino *El PM*. Podría haber traído un mejor auto pero, como siempre le decía a Alejandra, su novia, para qué hacer ruido, mejor vivo que Lobo. Los buenos tiempos habían pasado, pero regresarían, y Samuel estaría ahí para vivirlos de nuevo.

Una semana antes de aparecer en la habitación de Luis Kuriaki, Samuel vio, por el retrovisor de su auto, un Nissan negro, y no estaba seguro de si lo seguía a él o no. En la avenida López Mateos lo percibió por primera vez. Ahí entró en el McDonald's y ordenó el combo número uno, el de la Big Mac. Dobló al este sobre la avenida Paseo Triunfo y, justo en el Salón México, distinguió de nueva cuenta el auto negro.

Aceleró un poco, cambió de carril y bajó la velocidad. El auto continuaba a unos metros de él. De nuevo aceleró, se pasó la luz roja de un semáforo y siguió sobre la avenida 20 de noviembre. El auto negro iba detrás. Justo cuando sintió que las manos le sudaban, el auto negro giró a la derecha y entró en el estacionamiento de un restaurante de mariscos. Samuel respiró un poco más tranquilo. En un alto metió la mano en la bolsa de papel de los arcos dorados, extrajo la cajita de cartón, la abrió, sacó la hamburguesa y le dio una mordida grande.

El miércoles de esa semana recibió una llamada de Peredo.

Necesito verte, le dijo, y colgaron.

Samuel se vistió, acomodó dos líneas blancas y gordas sobre el buró y aspiró con naturalidad, tomó la bolsa negra escondida en el techo de su recámara y salió a encontrarse con Peredo. Pero encontrarse con Peredo no significaba que lo iba a ver a él directamente. Se veía con Vásquez, Núñez o Quiñónez en el bar del Sanborns, y a través de ellos recibiría instrucciones.

Rumbo al bar trató de localizar al auto negro del día anterior sin ninguna suerte. Pensó en la Big Mac que se comería después de la junta con Peredo. Las Big Mac eran lo único que comía, o que su estómago soportaba, eso y las papas fritas, no de Burger King, Wendy's o Whataburger, nada de eso. Alejandra le decía que era asqueroso estar comiendo aquello siempre. Una vez a la semana lo acepto, le dijo en la cama apenas unos días antes. Haciendo gestos repulsivos agregó, pero todos los días, por Dios, te vas a morir de colesterol. Samuel se rio y pensó que en definitiva aquella muerte no era para él. Miró a través de la ventana que daba a la calle, el farol de luz de la casa de enfrente, el sauce que apenas si se mecía con el aire frío de la noche.

Núñez fue quien lo recibió en el bar del Sanborns. Era un tipo que le provocaba miedo. Alto, blanco y delgado, atlético. Tenía una nariz muy grande y recta.

Te mandan saludos, le dijo en cuanto se sentó.

Igual, dijo Samuel, y ordenó una Pacífico. La cerveza del Sanborns le parecía la mejor servida de toda Ciudad Juárez. Era cierto que el bar se veía descuidado y anticuado, pero la cerveza siempre estaba sumergida en hielo y eso la hacía particularmente sabrosa. Nada de refrigeradores. A Samuel le hubiera gustado compartir sus conclusiones, pero Núñez no se prestaba para tales temas. De inmediato alargó la mano con el bolso negro y lo puso al lado de Núñez.

En un momento que le pareció extraño, cuando Samuel casi daba por terminada la plática, Núñez dijo: Está cabrón.

Eso fue todo. Samuel se inclinó un poco sobre la mesa para ver si decía algo más, pero no, este volvió a ser el hombre de siempre, una pared, un bloque de hielo. Se levantó y salió del bar. No se volverían a ver.

Samuel, por primera vez en seis meses, pensó en Luis Kuriaki. Qué habría pasado con él. A Samuel le gustaba drogarse con el periodista. No se veían con frecuencia, pero las tres o cuatro veces que coincidieron la fiesta fue soberbia. Luego dejó de llamarlo, y por amigos se enteró de la sobredosis. Su pinche rollo, pensó. Pero unos meses después sintió el peso de la ausencia de su amigo. Un día se acercó a su casa y vio luz en la planta baja. Una mujer de cabello lacio cruzó de lado a lado la ventana. Qué bien, se dijo, y pensando en regresar otro día subió al auto y fue a casa de Alejandra por unos pases. Pero el tiempo siempre es poco para lo que uno quiere. Ese *otro día regreso* nunca sucedió, y ahora pensaba en Luis Kuriaki. Marcó su número celular y la llamada no pasó.

En casa, antes de meterse un par de rayas, pensó en su Big Mac y se recostó en el sillón de la sala. A los diez minutos se reincorporó, algo no estaba bien. Con la luz apagada miró la calle vacía. La oscuridad parecía decirle en otro lenguaje algo que él no podía captar. Un auto pasó con la radio a todo volumen. Se cercioró de que ambas puertas, la del patio y la frontal, estuvieran cerradas y se dio un baño con agua muy caliente. Eran las once de la noche y chascó los dientes, la Big Mac tendría que esperar un día más. Por qué Núñez habría tenido que decir eso de *está cabrón*. Ya revisaría el periódico a primera hora, mañana por la mañana, tal vez ahí estuviera la respuesta. Del clóset de su recámara, más por instinto que otra cosa, sacó un bate de aluminio que compró en El Paso y lo puso al pie de la cama.

A las tres de la madrugada escuchó un ruido. Al abrir los ojos, decidido a levantarse, lo primero que vio fue a un encapuchado sosteniendo una estopa. Entonces fueron las sombras y los dolores agudos en el estómago, una punzada en el oído, más sombras, y mucho cansancio y sed, alguien encendió el radio, sonaba una canción de Javier Solís, luego llegó una humedad tibia y preguntas y risas y Javier Solís cantaba "Sombras nada más", y él gritaba o creía gritar. Entonces, cuando el dolor y la música y las punzadas pasaron, decidió visitar a Luis Kuriaki.

En 1937, los hermanos McDonald, Maurice y Rick, en Pasadena, California, abren su primer restaurante de hamburguesas. En 1971, lo venden a Ray Kroc, su socio. Aparte de no coincidir del todo con las ideas de Kroc, decidieron disfrutar tranquilamente de su vida. Ese mismo año nace Ofelia Pastrana, la futura madre de Margarita Ortiz Pastrana, en el Puerto de Veracruz. El 14 de mayo, en Alabama, el Ku Klux Klan incendia un autobús de los llamados *Freedom Riders*, y los activistas que luchaban contra la segregación de los autobuses públicos son secuestrados y apaleados. En el lugar del rescate se encontraron varias bolsas de papel estraza con el distintivo de las hamburguesas de los arcos dorados. La fotografía de Rita Wolf, una de las víctimas, apareció en un diario de Mississippi que le dio la vuelta a Estados Unidos. En primer plano se encuentra ella de espaldas y en segundo plano aparecen las bolsas de papel con los arcos impresos.

Poco después comenzaría una de las más inusuales historias de homicidios en el norte de Estados Unidos. El asesino, después de alimentar a sus víctimas con hamburguesas, las golpeaba hasta la muerte con un bate color amarillo que él mismo pintó. Cometió seis asesinatos antes de que dieran con él.

Maurice McDonald, el hermano menor, siempre estuvo al tanto de tal atrocidad. La policía no comentó el hallazgo de las hamburguesas. Sin embargo, un joven reportero del *Chicago Tribune*, Louis Connor, se comunicó con McDonald para pedir su opinión al respecto. No lo puedo creer, fueron las primeras palabras de Maurice. Y a sus casi sesenta años de edad, decide viajar a Chicago para entender lo que está sucediendo. Su hermano le pide que no lo haga, pero él niega con la cabeza y se marcha. Insta al joven reportero a no publicar nada sobre las bolsas de hamburguesas y los cadáveres, que espere un poco más. Lo cual, simpatizando con el viejo, hace.

Maurice McDonald obtiene acceso a los archivos de la policía, los mira, los estudia, y una noche llama a su hermano mayor y le dice que está destrozado por los acontecimientos, que no puede más y que al final no sabe lo que está haciendo en aquella ciudad tan hostil y diferente a Pasadena. *Christ!*, dice su hermano en algún momento y le pide que regrese, que si siente ese dolor tan profundo como lo está sintiendo, es hora de empacar y volver. Al final, no eres más que un simple empresario en este mundo, deja a los expertos hacer su trabajo. Está bien, está bien, contesta Maurice, y cuelga y se queda mirando desde la ventana de su cuarto de hotel el lago inmenso, los veleros adormilados en el muelle, el oleaje casi imperceptible. Tiene pesadillas, sueña que él mismo es una hamburguesa enorme siendo devorada por el tiempo, el asesino serial por excelencia. Y también piensa que la ira está entre esos dos panes y sabe que es ridículo, pero nada lo puede hacer sentir peor.

Al día siguiente, sale a caminar por las calles de Chicago. En un parque se sienta a contemplar los viejos edificios con fachada en ladrillo rojo y los caminos empedrados que llevan al mercado. Una joven se acerca y le pregunta la hora. Toma asiento a su lado, y sin más le platica sobre sus tíos y sobrinos que están por llegar. Irán a comer hamburguesas a un restaurante viejo cerca de ahí. En el muelle, dice y apunta con una de sus manos hacia la derecha, como si eso fuera suficiente para dar a conocer la ubicación del lugar. Maurice sonríe. La mujer es demasiado joven y cualquier comentario elocuente sobre sus bellos ojos podría ser interpretado como una torpeza de viejo rabo verde. Quiere pedirle que lo invite, abre la boca y de inmediato la cierra. No es necesario nada de eso. Cinco minutos después la ve marcharse y sabe que nunca conocerá ese lugar de hamburguesas. Él le vendió el alma al diablo, de eso no hay duda, y para poder vivir consigo mismo, y de alguna manera perdonarse y ser perdonado por lo que ha hecho con su consorcio de restaurantes, decide continuar ayudando al joven Louis en lo que pueda. Lo acompaña a todos lados como un *sidekick*, va a las juntas del diario, revisa los archivos, paga los honorarios a investigadores independientes sin escatimar en costos, se desvela y bebe café y come donas baratas de un Seven Eleven cerca del hotel donde se hospeda.

Entonces, a principios del 72, el Asesino de los Arcos, como se le ha llamado secretamente, comete un error y Louis y Maurice llevan la información a la policía. Cae por las huellas digitales que dejó en el envoltorio de una hamburguesa y que coinciden con las huellas marcadas con cátsup en el marco de la puerta donde terminó con la vida de la que sería su última víctima, Claire Johnson, estudiante de derecho. Las huellas pertenecen a Scott Campbell. Hombre blanco de treinta y cinco años que se inspiró en la paliza propinada a los *Freedom Riders* para cometer sus crímenes.

Maurice se despide de Louis sintiéndose un poco derrotado, pero de alguna manera sabe que es un héroe. Lo siente en los huesos. Sube al avión en el aeropuerto O'Hare y, desde el aire, al sobrevolar el lago, reconoce el hotel donde se hospedó por más de tres meses. Regresa a Pasadena con su hermano, quien no se cansa de oír una y otra vez cómo fue capturado el asesino. Campbell es condenado a la pena de muerte. Su última cena consiste en una hamburguesa con queso. Muere el 11 de diciembre de 1973. En esa fecha también agoniza Maurice McDonald de causas naturales en su mansión. En Xalapa, esa noche, durante la primera posada que ofrece la Parroquia San

José, Ofelia Pastrana, con diez años de edad, conoce a Oscar Ortiz, su futuro esposo.

Luis tocó el timbre de la casa y, mientras esperaba que abrieran, miró el moro sin hojas de la acera. Sembrado en 1986, en marzo, las ramas sobrepasaban los cables eléctricos. Su padre usualmente lo mantenía a buena altura, pero él ya no estaba.

Su madre, mujer trigueña y de cabello castaño, abrió la puerta y le pidió que entrara.

Cómo estás.

Bien.

Pasaron a la cocina y se sentaron a la mesa del pequeño comedor, uno frente al otro. La cocina estaba limpia, un aroma a lavanda prevalecía en el ambiente. En la mesa yacía un vaso con un poco de whisky.

Hace cuánto que se fue, preguntó Luis, miró el vaso y luego hacia la ventana.

Un año, dijo ella, y guardaron silencio.

Es cierto lo del tigre, preguntó de pronto la mujer. Anoche soñé que rondaba por aquí. Era un tigre muy grande. No como el del circo aquel, recuerdas.

Se refería a un tigre de bengala visto cuando tenía once años. Siempre lo recordaban porque había orinado a una señora que pasó demasiado cerca de la jaula. Era la primera vez en mucho tiempo que estaban solos. Pensó en acariciarle la mano pero prefirió quedarse quieto.

No hay ningún tigre, al menos que yo sepa, dijo, aunque sería bueno pensar que por ahí anda uno hambriento.

Ya no entiendo los periódicos, me imagino que siempre ha sido así.

Yo tampoco los entiendo, dijo Luis, y de pronto se levantó a mirar el jardín por la ventana del fregadero, recordando algo.

La mujer se acomodó el reloj de pulsera y se pasó la mano vacía por el rostro. Por el ejercicio diario su piel era tersa y los músculos de sus brazos, firmes.

Luis miró a su madre, era apenas unos cuantos años mayor que Rebeca. Apenas si reconocía a la mujer que tenía enfrente. Ahora más serena, más pensativa. No como aquella mujer de antes de la separación, sonriente. Aunque no sabía a cuál de las dos prefería.

Anoche llamó tu padre, dijo ella.

Luis sostuvo la respiración. Qué quería.

Me habló de varias cosas, pero creo que al final quería disculparse. Al menos eso me pareció.

Bien, dijo Luis, aunque en realidad le hubiera gustado decir otra cosa. Tenía casi un año sin hablar con él. Pero tal vez no fuera tanto tiempo. Caminó hasta la sala, encendió el estéreo y dejó que corriera el disco de Frank Sinatra. La música, por un momento, se encargó de llenar los espacios. Ahí, en ese sillón y en aquel rincón luminoso se había drogado varias veces. Comenzó a sentir el ansia. Decidió regresar a la cocina.

Antes de irse, meses antes, vi a tu padre con esa muchacha. Yo iba a la plaza y ellos avanzaban por el carril contrario, imagínate, yo al mandado mientras... no sé, dijo.

La muchacha. Así llamaba a Ana, la nueva pareja de su ex marido.

Y por qué no dijiste nada.

Pensé que no duraría. Siempre piensas que son cosas pasajeras.

Sí, dijo él, y miró hacia el fondo del patio adoquinado. Bajo un pequeño techo de madera estaban las tijeras para los árboles.

Es guapa.

Eso no importa, mamá.

Claro que importa, dijo ella, y le dio un sorbo a su vaso, el bilé pálido en sus labios marcó el borde. Yo no soy nadie para interponerme en esas cosas, agregó, si supieras.

Luis buscó la mirada de su madre. No quiero saber nada.

Tal vez lo que diga te haga pensar distinto.

Sobre qué.

Sobre esto, sobre mí o yo qué sé.

Qué me quieres decir.

Te lo puedo contar.

Luis volvió a tomar asiento. No creo, dijo.

En los años que vivieron juntos nunca vio discutir a sus padres, y aunque sabía que no podía tomárselo de esa manera, cada vez que entraba en la casa respiraba un aire de culpabilidad; pronto el sentimiento se alejaba durante días o semanas para después regresar, un sentimiento incómodo, como si algo hubiera muerto en aquel sitio y se estuviera pudriendo bajo el aroma de lavanda.

Ella pasó la mano sobre la mesa varias veces, acariciando la superficie.

Una mano delgada, como la de Rebeca, pensó Luis.

Ahora estoy en un club de lectura, dijo ella, después del gimnasio, me voy a casa de una amiga y platicamos sobre novelas de detectives.

Eso es bueno, dijo Luis, y pensó en todas las mujeres divorciadas en gimnasios y clubes de lectura en Ciudad Juárez, en Chihuahua, en México, en el mundo.

La última que leímos es de Cormac McCarthy. Pero no hay detectives, trata de un asesino que mata a todo mundo y un policía que trata de localizarlo, aunque nunca da con él. Lo nombra fantasma. Eso dice la novela.

Cómo se llama.

Por ahí está el libro, dijo ella.

Así pasa en la vida real, dijo Luis para de inmediato agregar, sabes a cuántos ha matado el tigre.

No quiero saberlo, contestó ella, y dio un sorbo a su whisky. Te ves más delgado.

Estoy igual.

Quieres que mande traer comida china, preguntó ella, y se levantó para tomar el teléfono. Luego lo miró.

Habla con él.

No tengo nada que decirle.

Me preguntó por ti y le dije que estabas bien.

Pudo haberme llamado él mismo.

Se levantó y abrió el refrigerador, sacó una jarra de agua de limón y se sirvió un vaso. Quería whisky pero no iba a pedirle un trago a su mamá. Hablaré con él, dijo por decir algo, pero entonces sintió que pronto, en verdad, lo haría.

Este es el primer trago del día, pero será el último. Ya no es como antes, dijo ella, y miró el vaso con nostalgia.

Luis pensó ahora en todas las mujeres divorciadas en clubes de lectura y alcohólicas que vivían en Juárez, en Chihuahua, en México, en el mundo.

Los primeros meses de la separación fueron los peores. Cuando Luis regresaba de la oficina, fuera la hora que fuera, a su madre la veía en el sillón individual de la sala con un vaso entre sus manos, recién servido. Esa sí que era una bonita familia. Al cuarto mes rentó un apartamento.

Lo entiendo, dijo, y le dio un traguito a la limonada. Ya vendré a podar los árboles, agregó y la miró a los ojos.

No le gustaba verla así. Sola, en medio de la cocina ordenada, sin ningún vaso ni plato fuera de lugar, donde un piso tan limpio daba desconfianza. Como si nadie viviera en aquel sitio. Sus padres lograron una pequeña fortuna a mediados de los noventa y ahora, después de largas jornadas de desvelos y pequeñas frustraciones, cuando ya el dinero estaba asegurado, las frustraciones y los desvelos seguían. Vaya asunto.

"Strangers in the night" comenzó a sonar, la canción que más le gustaba del disco.

Vendré pronto, repitió, y se tomó el resto de la limonada.

Lo primero que hizo el agente Pastrana, después de recolectar y entregar la cabeza del yonqui, fue informarse sobre quién era ese tal Luis Kuriaki. No fue difícil. En el departamento de archivos le pidió a Fabiola Sandoval que le pasara lo existente sobre el periodista. Un archivo con alrededor de trescientas páginas. A las dos de la mañana regresó a casa. En vez de dormir, preparó café y se quedó mirando las luces de la ciudad desde el segundo piso. No quería cerrar los ojos y soñar con su prima desaparecida. Cuántos años llevaba buscándola. Sacudió la cabeza.

Hacía seis años que había llegado a Juárez y lo referente a su prima Margarita no avanzaba. Hizo lo que sabía hacer mejor. Interrogó a Consuelo Sánchez y a los compañeros de trabajo. Visitó el restaurante de comida china del ticket de compra que su amigo Edgar Luna descubrió en el cubo de la basura. Habló con el dueño, Benito Wong. Hizo más que hablar con el chino, la verdad, un inmigrante que apenas balbuceaba español y cocinaba muy bien, pero después de la ligera... cómo se podría adjetivar aquella entrevista que tuvo con él, supo que las cosas se iban a poner complicadas.

Benito Wong sabía quién era Margarita, recordaba la última vez que vio a la muchacha, los platillos que había comprado, pero nada más. El agente Pastrana se colocó los lentes negros, giró la cabeza y con expresión de hielo le dijo que regresaría. Luego, con ayuda del agente Álvaro Luna Cian, uno de sus compañeros en la estación cuarenta y ocho donde trabajaba, puso vigilancia en el restaurante chino un total de dos semanas. De los más de cien comensales distintos que entraron y salieron en aquel periodo hizo una lista y fue investigando a cada uno de ellos, sin ninguna suerte.

Chingao, dijo el agente Pastrana, y a lo lejos escuchó el sonido de una ráfaga de metralleta atravesando el aire oscuro. No se inmutó. Hizo a un lado la taza de café. Sacó el celular y marcó un número.

Ya vienes, preguntó una mujer del otro lado del teléfono.

Esta noche no puedo.

No puedes, dijo ella, y esperó a que el agente contestara. Está bien, agregó finalmente, y la comunicación se cortó.

El agente se quedó con el teléfono en la mano. Una nueva ráfaga de balazos en la distancia dio la pauta para que bebiera de su café negro y cargado.

Durante los seis años había visto cosas muy raras en esta ciudad. Si en el Sotavento estaban los brujos, por estas tierras lo que menos necesitaba la gente era magia. Aquí no había sino cosas físicas que mataban. Los duendes y todas esas mamadas que su abuela alguna vez pudo ver eran cosas de niños, comparadas con las cabezas de cochino sobre los cuerpos y las niñas enterradas en tambos de cemento y los cuerpos destrozados en los lotes baldíos. Pensó en Margarita y se quedó inmóvil, como un robot sosteniendo su café.

42 El jefe de información miró una de las fotografías que tenía sobre el escritorio y ladeó la cabeza, el cuerpo en ella mostraba sangre reseca alrededor de la boca. Al lado de Luis se hallaba Adrián Morena, uno de los fotógrafos. Desde el asesinato de Mike, un viejo compañero, Morena se había vuelto más retraído que antes. Luis lo había sorprendido un par de veces mirando la pared del estacionamiento tras el volante de su viejo Chevy, perdido en quién sabe qué ideas.

Tal vez sean zombis, dijo de pronto el jefe de información.

Cómo, preguntó Luis.

Le diré a Rossana que te ayude con la nota. Un virus que despierta la ira en la gente, dijo el jefe.

Eso es una película, dijo Luis.

Digamos que comenzó en Corea.

Entonces es un libro, estaremos plagiando otro libro.

Es como una influenza. Después de la mordida, el corazón de la víctima deja de latir y surge una urgencia terrible de comer. A fin de cuentas, todos los zombis son iguales. Libro o película, terminan haciendo lo mismo.

Hay unos más pinche veloces que otros, intervino Morena.

Quién más podría hacer esto, dijo el jefe de información, y sacó una bolsa de plástico transparente de uno de los cajones del escritorio.

Entiendo, dijo Luis, y sintió la necesidad de salir con urgencia de ahí.

El aroma del guiso de los burritos llenó la oficina. Luis Kuriaki miró a Morena que se rascaba la cabeza mientras buscaba algo al parecer diminuto en su pantalón. Era un hombre alto y llevaba muy corto el cabello. Las dos palabras preferidas de Morena eran *pinche* y *mamar*. A Luis le gustaba trabajar con él. Después del turno, si había tiempo antes de volver a casa, se iban a tomar unas cervezas al Kentucky o al Yankees, en el Centro.

De pronto se imaginó a una horda de zombis veloces tras ellos y a Morena gritando algo como pinche Luis, no mames, pinche Luis, y ante tal imagen ahogó una risilla.

Le diré a Rossana que te ayude, repitió el jefe de información mirando las fotos del cuerpo mutilado, luego preguntó qué sabía la policía de esto.

Pinche nada, se apresuró a contestar Morena.

Es lo de siempre, completó Luis, y se levantó de la silla.

Y si el virus viniera de alguna base militar, preguntó el jefe de información, y le pasó dos fotos que Luis no reconoció como suyas.

Y éstas, preguntó Luis.

Un solo balazo limpio en la cabeza, dijo el jefe, y preguntó, un zombi puede hacer esto.

No mames, espetó Morena.

Luis adivinó el trayecto de la bala. Entró por la mejilla izquierda para salir por la parte posterior del cráneo.

Entonces tú tomaste las fotos, le preguntó a Morena.

Pinche Luis, contestó este, afirmando con la cabeza.

Te encargas, le pidió el jefe.

De regreso a casa, conduciendo por una calle congestionada, Luis pensó que podría escribir la historia de los zombis para su jefe sin ayuda de Rossana. Pero algo no fluía. Se podía imaginar el encabezado, pero cuando trataba de poner en orden sus ideas, volvía a estar en ese cuarto a oscuras, donde las sombras apenas daban forma a los objetos. Pensó en una cerveza y su mente divagó hasta el seis de Tecate que su padre dejó cuando abandonó a su hermana y a su madre. Siempre que trataba de escribir, su mente se iba a ese rincón y la misma película se proyectaba. El seis de Tecate duró quince días en la rejilla del fondo del refrigerador. Por unos días lo ignoró, sólo verlo le producía náuseas. Por qué no se las había llevado.

Con el tiempo, el rencor se transformó en indiferencia. Luego, una noche, después de volver de la oficina mientras su madre escuchaba a Sinatra y bebía un vasito de whisky, decidió beberse una. Abrió el refrigerador, tomó la botella más cercana y lentamente la ingirió, escuchando los grillos y oteando los pocos autos que atravesaban la calle y la luz encendida del zaguán de Doña Carmen.

Cuando el auto apenas avanzaba unos metros, pensó en la terrible enfermedad de volverse un zombi. Su corazón ya se había detenido en dos ocasiones y tal vez eso lo convertía en uno. Tal vez su padre era un zombi. Tal vez su madre lo era. Tal vez Doña Carmen los había contagiado. Por eso mismo prefería el periodismo. La claridad de los hechos sobre todo. Quizá no era que lo prefería, acaso era lo único que podía escribir.

Todavía recordaba la nota en aquel viejo periódico que lo cambió para siempre:

MATA A SUS HIJOS PARA SALVAR AL MUNDO

Según la nota, una mujer llamada Nancy White, lo recordaba bien, había ahogado a sus tres hijos en la lavadora (una niña de siete años, un niño de tres y un bebé de apenas once meses) por órdenes de Dios, para salvar a la Tierra de terremotos descomunales y lava cuantiosa. Luis había estudiado con detenimiento la fotografía del periódico mientras el sol descendía tras los carcomidos restaurantes del mercado Juárez. La mirada de la mujer estaba puesta en algún punto que ni siquiera ella podía reconocer.

Dios trabaja de manera extraña, dijo en voz alta y el auto avanzó un poco más. Miró el cielo. Una nube sobre él adquirió la forma de un dragón con las fauces abiertas.

En silencio le volvió a agradecer a Nancy.

Luis suspiró. Encendió un cigarro y entreabrió la ventanilla. En la radio sintonizó la 95.5, tocaban *"Smoke on the water"*, de Deep Purple. Subió el volumen. Mientras Ian Gillan cantaba, Luis aceleró. Al llegar al semáforo en rojo, una niña de diez años se acercó y extendió la mano. Antes de decidir si le daba alguna moneda, la luz cambió a verde.

Pensó en su amigo yonqui muerto. Buscó en sus contactos el teléfono de Raymundo y lo llamó. Raymundo era uno de sus amigos de la preparatoria que optó por estudiar ingeniería industrial en el Tecnológico de Ciudad Juárez. Desde entonces casi no se veían.

Qué sorpresa, dijo Raymundo.

Andas muy ocupado, le preguntó Luis.

No tanto.

Te puedo hacer una pregunta.

Va.

Sigues coleccionando cómics.

Sí.

Cuál crees que sería el mejor superpoder de todos.

Cómo dices.

Cuál sería el mejor superpoder.

A qué viene eso.

Por pasar el rato.

No lo sé. Volar es un buen superpoder.

En tu opinión sería el mejor.

Tendría que pensarlo.

Piensas que escuchar a los muertos pasaría por un superpoder.

Tal vez.

Y la telepatía.

Quizá, pero leer la mente no es lo mismo que escuchar a los muertos.

Entiendo.

Estás bien, Luis.

El trabajo me está poniendo mal. Tanto muerto por las calles me hace pensar cosas.

Te invito a la casa.

Hoy no puedo, pero ya iré.

A Beatriz le dará gusto.

Nos vemos pronto.

El agente Pastrana nació en 1955, en la región denominada Sotavento, en el corazón del puerto de Veracruz. A los doce años de edad vio cómo un hombre apuñalaba a su padre. Era septiembre y, al parecer, en el área de los astilleros, el huracán Beulah buscaba refugio entre contenedores y grúas. Había llegado a

Yucatán y, tal como lo predijo su bisabuela, una anciana de ochenta y nueve años, todo a su paso quedó destrozado. La tarde del seis, Julio Pastrana niño se encontraba en el área de los astilleros contemplando los grandes barcos. Bajo un cielo negro, en la distancia, vio a su padre discutir con un hombre muy alto y entre los empujones, uno tras otro, vio a aquél caer en la acera. Julio Pastrana comenzó a caminar hacia él, luego trotó, al final corrió, sólo sentía la lluvia contra su cara. Pero el recuerdo hasta ahí llegaba.

Al día siguiente amaneció en su cama con un vendaje en la cabeza. O se había caído o lo habían golpeado. Nunca lo supo. Con el tiempo hizo sus propias conjeturas que igual cambiaban drásticamente. El huracán Beluah tocó tierra en Matamoros y aunque apenas si había rozado el puerto de Veracruz, su bisabuela no se equivocó sobre el poder devastador de la naturaleza.

Julio Pastrana se fue a vivir a Xalapa con una tía a finales de septiembre. Luego, a los veinte años, se graduó de policía. En sueños aparecía aquel enorme tipo que le arrebató a su padre con un cuchillo. Luego una tormenta se llevaba al hombre y, por un momento, Julio Pastrana se sentía aliviado, hasta que el agua era tanta que comenzaba a cubrirle los pies para llegar a las rodillas y cintura, y cuando el agua subía hasta el cuello despertaba. Lo terrible era abrir los ojos empapado en su propia orina, lleno de miedo, pero eso casi nunca le sucedió.

Como policía era un hombre temerario. Los ladronzuelos por un tiempo lo llamaron el Terminator. El mote se le ocurrió a Esteban Azueta, un pobre diablo que vivía en la circunferencia de Xalapa, rumbo a Banderilla, y que cometía pequeños robos en los barrios vecinos. Cierto día, sin mucho que hacer, mientras caía un aguacero tremendo, puso la película del robot asesino en la videocasetera. En vez de hacerle gracia el parecido entre el agente Pastrana y el verdugo encarnado por Schwarzenegger, tragó saliva y muy serio se quedó en su lugar hasta que los créditos rodaron en la pantalla. El parecido entre Schwarzenegger y el agente Pastrana era poco, mientras el primero era muy alto, el segundo no pasaba del metro setenta, sin contar el color de la piel. Pero el gesto, sin duda alguna, era el mismo. Ninguno de los dos reía. Y ninguno se tentaban el corazón para nada. Esteban Azueta lo sabía en carne propia.

Un par de meses atrás, a principios de mayo, tuvo la mala suerte de toparse con el agente sobre la avenida Xalapa, el muchacho iba cargando un bolso negro cuando una patrulla lo detuvo. Pastrana se apeó y con la macana señaló la bolsa. Esteban Azueta sonrió y le dijo que no traía nada. El agente Pastrana abrió la puerta del pasajero del auto e hizo subir al joven. Acaso se había merecido aquella golpiza. Apenas si pudo sacar algo de la casa robada. Después de la tunda sin escrúpulos lo llevó a la estación de policía, de la cual salió a las pocas horas, pero de su casa no se pudo mover por un mes completo. La pierna derecha lo podía constatar. Luego se enteró de que a otro camarada le había roto la mandíbula. A otro más le había fracturado las piernas y a otro lo había enterrado vivo. Lo sabía por el amigo de un amigo. Pero el mote de Terminator se le quedó al agente durante un par de años, después de que Esteban Azueta vio la película. Luego fue suficiente con su apellido. Si escuchabas que Pastrana estaba sobre tus talones, era mejor dejar el negocio por un par de meses, hasta que los rumores pasaran.

Margarita Ortiz Pastrana nació en 1975. Julio Pastrana fue uno de los primeros en ver a la niña recién nacida en el San Francisco, un hospital de monjas situado sobre la avenida Cinco de mayo, a una cuadra del mercado San José. Esa noche, el futuro agente sintió un gran alivio, como si se hubiera librado de un peso enorme. Por dos semanas completas no soñó con hombres gigantes ni huracanes. Se sentía salvado. Hasta pensó en dejar la academia. Podría estudiar cualquier otra cosa si lo deseaba. Por primera vez en mucho tiempo una mueca de alegría apareció en su rostro. Apenas visible, pero suficiente para que su tía la descubriera y comentara algo al respecto. Julio Pastrana se masajeó los ojos, abrazó a la tía y salió a la calle.

Pero aquel estado de felicidad no duró. A tres semanas de haber nacido su prima Margarita, recibió la llamada. Su madre había muerto. Al parecer, víctima de un atraco. Primero pensó que era una broma. Luego supo que su ira era incontrolable. Le temblaban las manos. Cerró los ojos y vio a aquel gigante onírico riéndose de él. Se sintió mareado y tuvo que tomar asiento. La única manera de acabar con aquellas desgracias era seguir el camino ya escogido. Y la verdad, seamos sinceros, se dijo, no quería que fuera de otra manera. De inmediato tomó el auto de su tía y manejó al puerto. Su antigua casa estaba cerca de la calle Clavijero, en un callejón muy bien iluminado. Alguien debió ver algo, se dijo. Pero sucedió que ni con la ayuda de sus amigos en la academia pudo dar con quien mató a su madre. Julio Pastrana todavía era un inexperto para encontrar a aquellos que no querían ser encontrados. Por más acciones que llevó a cabo y por más tiempo que pasó, la muerte de su madre quedó impune. Ahora soy un huérfano, pensó al cruzar el umbral de la casa. *Chingao*, masculló entre dientes.

Al cumplir veinticinco años, Margarita decidió irse a vivir a Ciudad Juárez. Al terminar de estudiar derecho en la Universidad Veracruzana, de inmediato recibió una oferta laboral allá, en el norte, porque las cosas de dinero eran más fáciles. Como desventajas se podían contar la gran distancia entre aquella ciudad y Xalapa, y el clima extremo, pero las cosas por Ciudad Juárez iban bien, así lo decían amigos que se habían aventurado en busca de un mejor sitio donde vivir. Su amiga Consuelo Sánchez fue quien la convenció. Ella se había ido al norte dos años atrás al terminar la carrera, y no paraba de decirle a Margarita que ambas se la pasarían genial. Ya tenía auto y pronto compraría una casa. Margarita no era ninguna ingenua, así que para confirmar lo que su amiga le decía, la visitó en vacaciones de Semana Santa.

El viaje resultó una gran sorpresa. Todo lo que le decían era cierto. Tanto lo bueno como lo malo. Así que a su regreso les dijo a sus padres y a su primo que se iría a vivir a Ciudad Juárez. Julio Pastrana la abrazó y le pidió que se cuidara mucho. Para el agente, Margarita era más que su prima, era su hermana menor, y en ocasiones la consideraba su hija. La ayudó a estudiar, y siempre le dio buenos consejos. Una vez, cuando la muchacha tenía dieciocho, un borrachín atinó a tocarla mientras ella caminaba rumbo a la escuela. De inmediato llamó a su primo y este dio con el tipo. Los padres de Margarita nunca supieron nada de aquella ocasión ni del fin del pobre ingenuo.

La muchacha, en menos de un mes, consiguió trabajo en el departamento de recursos humanos en una maquiladora de autopartes que trabajaba para GM. El sueldo era bueno, le decía a su mamá por teléfono cada fin de semana que le llamaba. A los seis meses se hizo de su primer auto. Los detalles del trabajo y la ciudad eran pocos, pero no le importaban a la madre.

Todo iba bien, hasta que el 6 de julio de 2003 las llamadas de Margarita cesaron. A la mamá le extrañó, pero no le dio demasiada importancia; estará con su amiga Consuelo en alguna fiesta, pensó. El lunes por la noche fue la primera vez que soñó con su hija nadando en una inmensa alberca. Luego le dijo a su marido que algo andaba mal. Dos noches después volvió a soñar con su hija nadando con desesperación en una alberca que parecía no tener orillas. Aparte, el agua era oscura y no se divisaba el fondo. Se preocupó en serio y le comentó a su sobrino lo que sucedía. El agente le dijo que no se preocupara por Margarita, sin embargo, para estar más tranquilos, le llamaría a un amigo que tenía allá en el norte, para que fuera a ver qué sucedía con su prima.

El amigo, un agente de tránsito, al día siguiente le llamó y le contó que la casa estaba vacía. Tal parecía que la muchacha se había esfumado junto con la mayoría de sus cosas. Los trastes seguían en su lugar. Había una taza de café a medias sobre la mesa y en el fregadero un plato con restos de comida china. En el refrigerador la caja de chop suey, y dentro del bote de basura el recibo de la compra. Nada más.

El agente Pastrana pensó lo peor. Se masajeó los ojos y se sentó a la mesa. *Chingao*, dijo, y miró hacia la calle. La lluvia comenzó a caer. La tercera era la vencida. Primero su padre, luego su madre y ahora su prima. El gigante estaría muy contento si se enteraba de la desaparición de Margarita, por supuesto. Pero ahora sería distinto. Ya no era ni un niño ni un jovencito.

Hizo los arreglos necesarios y pidió su transferencia a Ciudad Juárez. Su jefe, el teniente Marino González, lo miró con desconfianza cuando se presentó y le reveló lo que tenía que hacer. No jodas, Pastrana, le dijo. Marino González miró los papeles que tenía enfrente. Era cierto que Pastrana era un cabrón y que se le pasaba la mano con alguno que otro maleante. Sin despegar la vista del archivo le preguntó si recordaba al gañán del Lencero. Salió hace un mes del hospital, dijo Pastrana. Con *gañán*, su jefe se refería a Raúl Frías, un tipo que golpeó a su esposa hasta el hartazgo. Ni siquiera era su jurisdicción, pero al enterarse del incidente Pastrana arregló todo para ser él quien fuera por aquel tipejo. Lo mandó al hospital con las costillas rotas. No sabía por qué Marino González le preguntaba por él, pero intuía que quería que se quedara en Xalapa y no que se fuera a aquel norte polvoso del que se comenzaba a hablar pestes. Veré qué puedo hacer, a quién puedo llamar, dijo Marino González, lo que significaba no hay problema, ya está arreglado. A Julio Pastrana se le relajaron los músculos del rostro. Se levantó, saludó a su futuro ex jefe y se despidió. Esa noche volvió a soñar con el gigante y su sonrisa muy amplia. Como siempre, despertó y miró el reloj. Eran las dos de la mañana.

A través de los ventanales de la cantina veo las luces de los autos lamer las heladas paredes de casas y negocios sobre la avenida Lincoln. Los autos se dirigen hacia el norte, al puente Internacional que te lleva a El Paso, Texas. Al sur quedan las grandiosas dunas, el amarillo que se mueve, que en invierno es más amplio y parece invadirnos.

Cada mañana, las arenas amanecen en los traspatios, en los jardines, en los tapetes y sobre las casas de los perros. Un día, el pavimento y las banquetas volverán a ser amarillas, se impondrá de nuevo el polvo que ya reclama su espacio, y las pocas palmeras que existen en la ciudad serán parte del escenario que alguna vez dictó el mar, porque Ciudad Juárez es sólo un cuenco vacío.

Regreso, me dice Rebeca cuando se levanta al baño. Su figura también brilla en los ventanales.

Desde mi mesa veo dos palmeras: una se impone al aire, batalla contra él y se sacude, otra es de neón y se mantiene fija, no desafía nada, su función es iluminar y anunciar un restaurante de mariscos.

Rebeca se topa con un amigo en la barra. El tipo canoso le dice algo y cuando ella sonríe, el hombre coloca su mano sobre el perfumado hombro de Rebeca. Ella, me ha dicho, tiene la boca y los ojos de su madre, unos ojos color miel, una boca de labios gruesos. Tiene el cabello lacio, como sus hermanos y su padre.

Hace dos días me avisaron de un nuevo cuerpo medio escondido frente a la nueva plaza comercial en la avenida Las Torres. Un solo balazo en la cabeza. Desnudo. La ropa a un lado. El agente Pastrana me recibió en la escena del crimen, pero no comentó nada. Qué calibre, le pregunté, y como respuesta el agente atinó a escupir al suelo. Ayer Pastrana me envió un mensaje a mi celular. Era de Mazatlán, decía.

Tantas cosas que suceden y nosotros aquí, en una cantina donde la muerte nos sorprende a cada momento, nos envuelve como una manta de niebla espesa y pastosa.

Alguna vez estuve en Mazatlán. Era invierno y la niebla llenaba las calles. Salí a caminar por la playa. La bruma absorbía el sonido y los colores de las cosas. El golpeteo del agua sobre la arena y sobre sí misma era opaco. Frente a mí, después de unos minutos, apareció una niña de no más de cinco años y su joven madre.

Quisiera estar entre la niebla, oí decir a la pequeña.

Pero estamos entre ella, le dijo la madre.

No es cierto, está allá, enfrente, refutó la chiquilla y corrió para tocarla, pero sólo vi cómo lo blanco la engullía en un segundo.

Ella pensaría, como alguna vez lo pensé yo, que la niebla se dividía a cada paso que daba. Las palmeras de los hoteles en Mazatlán en medio de la neblina se mantenían completamente quietas.

Vivir en Ciudad Juárez es como vivir en una playa seca.

Rebeca Alcalá Ortiz es vecina de Luis Kuriaki y tiene cuarenta años de edad. Es alta, delgada y fue sobrecargo de varias aerolíneas importantes. Nació en El Paso, Texas, meses después del asesinato de la actriz Sharon Tate a manos de la familia Manson.

En 1969, la pareja Alcalá Ortiz, que ha vivido desde hace años sobre la calle Cruz, en la ciudad de Madrid, en una vieja casona que con los años se convertirá en un hostal llamado Cantábrico, decide irse a vivir a América. La represión franquista, tal como lo ve la pareja, no tendrá fin. Junto con sus dos hijos, estudian la manera de salir de España. A finales de mayo logran, por los amigos de los amigos, y gracias a una historia que incluye parientes enfermos, llegar a México. El plan es viajar al norte del país y de ahí cruzar la frontera. La Familia Alcalá Ortiz llega a México a finales de abril, y a Ciudad Juárez en mayo. El calor en la ciudad es terrible, las calles son apenas el esbozo de una ciudad que crecerá sin miramientos. Logran cruzar la frontera. En El Paso no hay mucho trabajo, al menos no como lo imaginaba la familia. Su objetivo es Nueva York, pero la idea comienza a menguar junto con sus ahorros. Rentan un lugar pequeñito, en el centro. Desde la angosta ventana del baño se aprecia muy bien la terrosa Ciudad Juárez. Ese mismo año, a principios de agosto, la pareja queda embarazada. Será Rebeca la única hija. El 9 de agosto, la familia Manson asesina a la actriz Sharon Tate. La futura madre tiene constantes pesadillas. Sueña con su hija, ya mayor, siendo perseguida por la familia Manson. Los días de pesadilla se vuelven semanas. Rebeca nace siete meses después.

Sharon Tate no era la gran actriz, quizá su mejor papel fue el de esposa del director de cine Roman Polanski. Ella lo supo y lo pudo entender. Una chica del sur, como miles que sueñan con ser actrices. Un lugar común. Levantarse temprano. Hacer dietas. Caminar en tacones como si fuera un faquir, evidenciar cómo su cuerpo iba cambiando, los senos, las nalgas, el vello y todo eso, lo sabía. Ni siquiera su querido Roman se sintió atraído por ella aquel verano de 1977, cuando se conocieron. Pero esa película de vampiros le cambió la vida.

Ahora Sharon estaba atada a una silla y un grupo de drogadictos e ignorantes la mataría. Eso era la vida real y eso tenía que suceder. Lloraba, y Susan Atkins, de apenas veintiún años de edad, le hablaba al oído, le decía que serían famosas, que dejarían un

gran legado, el mundo no cesaría de hablar de Sharon
Tate. También le dijo, en algún momento, ahogan-
do su propio llanto, que su propia vida sería terrible,
confinada a un cáncer que la iría desmembrando lentamente. Así lo había soñado. Así sería escrito. Susan
y Sharon unidas para siempre, dijo, y agregó que no
la tenían fácil, entonces Sharon cerró los ojos.

La madre de Rebeca sigue el caso completo de la Familia Manson, algo la llama, algo la hace recortar las
notas de los periódicos y comprar los libros y las películas donde aparece la actriz. Al principio cree que
haciendo esto las pesadillas acabarán, pero con el
paso de los meses ya no está segura. Cuando cumple
doce años y su madre trabaja en su máquina de coser
en el cuarto contiguo, Rebeca encuentra bajo la cama
el álbum con fotos y demás artículos de aquella mujer hasta entonces desconocida para ella. Rebeca no lo
entiende. Le gusta mirar las fotos cuando su madre
no está presente. Comienza a leer la vida de Sharon
y es como si la obsesión de su madre por la actriz
se le hubiera contagiado... mejor dicho, pasado gené-
ticamente. Ese mismo año, 1981, la convicta Susan
Atkins contrae matrimonio con un loco que se dice
millonario. Por qué debió morir Sharon de esa manera. Por un tiempo Rebeca sueña con ser actriz, pero de inmediato desecha la idea. Lo que se promete
a los dieciséis años, la misma edad que tenía Sharon

Tate cuando ganó su primer concurso de belleza, es ir a Dallas, a la tierra natal de la actriz, y escribir un poema en su honor. No sabe cómo se escriben los poemas, pero tratará. Convencerá a sus padres de que la lleven; si no funciona, le dirá a uno de sus hermanos. A Roberto, por ejemplo. Así Rebeca comienza a pensar en el viaje.

Luego sucede algo: su mejor amiga, Amy, es ultrajada. Un tipo del ejército, una noche de fiesta, la forzó a tener relaciones. Pero fue más que eso. En el cuerpo no hay ninguna marca visible. Sin embargo, Amy ya no es la misma. Rebeca la visita por las noches, y un día la chica le cuenta cómo sucedió. Le da coraje y vergüenza. Cuando voy al baño, veo sangre, le dice, y llora. Sus padres no quieren que denuncie al soldado, un joven bien parecido de apellido Smith. Rebeca no opina. Sólo es testigo del deterioro de su amiga con el paso de los días. Pero no hacer algo no significa que no piense constantemente en eso. Y si hubiera sido ella, cómo habría reaccionado. Un año después, Amy intenta suicidarse. Entonces Rebeca sí que percibe las marcas físicas de la violación en las muñecas de su amiga, líneas gruesas, oscuras y abultadas que el doctor trató de disimular con una buena cirugía. Amy deja El Paso para irse a vivir a San Francisco, California.

Rebeca, al cumplir los veinte, visita Dallas y resuelve que su viaje ha sido un fracaso, porque lo que fue de Sharon Tate en esa ciudad se ve reducido a una vieja casa donde nadie la recuerda. Reconoce que el viaje debió comenzar en Los Ángeles. Esa noche, esperando el avión de regreso a El Paso, sabe lo que tiene que hacer, es una epifanía, se dice.

La vida es muchas cosas, entre ellas, es volverse sobrecargo de American Airlines. La situación es buena. Consigue viajar por el mundo, conocer lugares. Desde el aire ve la patria de sus padres. Pero le aterra poner un pie en ella y lo evita a toda costa. Franco ha muerto, pero teme quedarse pegada a esa tierra. En París se enamora de Alphonse Colville. Un joven reportero, hijo de profesores universitarios. Tres años vive con él. Tiene un intento de embarazo pero desgraciadamente el producto no se afianza. El doctor le receta hormonas. Necesitamos que el bebé se arraigue, le dice el doctor, y cuando menciona la palabra *arraigar* aprieta el puño izquierdo a la altura de los ojos de Rebeca. Siguen las revisiones y las hormonas. Al final del segundo mes, el doctor dice basta. El corazón del producto no se terminó de formar, lo siento mucho, le dice a Rebeca y el puño en alto se transforma en una mano abierta. Rebeca odia todo aquello. Ahora tiene que tomar pastillas para provocarse un legrado. Está harta. Es como una bomba lista para estallar. Alphonse lo entiende, pero no justifica tanto grito y mal humor. Por las noches, mientras duerme, habla dormida y murmura nombres y lugares que Alphonse no conoce. En algún momento escucha la palabra *Sharon*, en otros *Mesilla*, en otros *madre*, en otros *violación*, en otros *México*, en otros *asesinato*. Las pastillas hacen su trabajo. Un domingo, mientras Rebeca se prepara algo de comer, un dolor en el vientre la dobla, corre al baño y sucede. Está libre. Libre de las cadenas de la vida en pareja y de los puños en alto y las manos tendidas. Tiene que retomar su viejo trabajo.

Rebeca habla con sus conocidos y, tras una breve entrevista, retoma el vuelo, viaja a Cartagena y a Londres. Viaja a El Cairo y a Japón. En 1994 se entera de que Kurt Cobain, fan de Charles Manson, ha muerto. En 1995 comienza a escuchar sobre Ciudad Juárez. Sobre los asesinatos de mujeres. Rebeca llama a su madre. Todo está bien aquí, le dice. Y en verdad, en El Paso todo es color hamburguesa y Coca-Cola. Pero Rebeca de nuevo comienza a soñar con Sharon Tate una y otra vez. Sueña que está a punto de salvarla, y siempre es demasiado tarde. Siempre que irrumpe en la casa elegante de la pareja Polanski, Sharon está muerta. Su cuerpo sigue caliente, sus ojos están húmedos. Pero es demasiado tarde. En otras ocasiones, Sharon se ha convertido en Amy, su vieja amiga de la secundaria. Al principio se sorprende por haber soñado con ella, pero con el paso de los días se da cuenta de que su amiga siempre ha estado ahí, en algún rincón oscuro de su cabeza.

Viaja por el mundo e intenta olvidar esas pesadillas que la aquejan. En cinco años prácticamente recorre la Tierra. Conoce China y come escorpiones por primera y última vez. En cada puerto tiene corazones ilusionados. En Roma vive con Roberto, en Londres la espera John, en Manchester está Allen, en Copenhague viven Erik y Ole. En Lyon no hay nadie, se reserva la ciudad para ella y le entusiasma pensar en desayunar frente al Museo de Bellas Artes, en la Brasserie 3 Rivières. André Valois, algunos años mayor que ella, la aborda en una ocasión, ella lo rechaza con amabilidad, pero André insiste. A los dos días del último intento, se arma de valor y vuelve a la *brasserie*, antes ha comprado una orquídea sobre la Rue Pleney, y hace una reservación para comer en Chez Paul, un restaurante que regentea uno de sus primos. Cuando llega, Rebeca no está. La espera, pide un café. Luego una cerveza, luego deja la orquídea sobre la mesa y llama a su primo. La vuelve a ver cuatro meses después. Se sorprende. Y de la sorpresa pasa a la felicidad.

Después de pensárselo varias veces, se acerca.

Te pido un momento, le dice, y mientras espera la respuesta escucha los brillosos golpeteos de los cubiertos contra los platos de los comensales. Detrás de él, la fuente al centro de la plaza comienza a funcionar.

Rebeca se retira los lentes de sol y le pide que se siente.

Te entiendo, le dice André, soy un completo desconocido. Quizá sea más testarudo de lo que pienso, pero me gustaría mostrarte algo de mí. Cerca de aquí se encuentra mi galería. A un lado está el restaurante de uno de mis primos. Soy un hombre brusco, pero no soy huraño, me gustan los días fríos, me gusta visitar el parque que está cruzando el puente de la Feuille, no sé si lo conozcas. Me agrada la poesía. Ayer mismo compré una vieja edición de un poeta italiano poco conocido y una botella de vino prodigioso. Te veo y siento que debo conversar contigo. Te pido unas horas de esta noche, ésta es la dirección en donde te esperaré, en la mesa del fondo. Eso es todo lo que te quería decir.

Rebeca asiente y habla de un viaje largo que emprenderá por la mañana. Agradece el gesto y el esfuerzo, pero debe declinar. Sabe de qué galería le habla, y en otro momento habrá tiempo para recorrerla, pero esta noche no puede ser. En verdad lo siento, le dice y André le cree. Sin embargo, piensa que no todo está perdido, le pide a su primo una nueva reservación, en la misma mesa del fondo. A las nueve de la noche toma asiento y espera, y espera. A las doce de la noche el lugar queda vacío y él al fin entiende.

Rebeca continúa con sus viajes. Viaja a Nueva Orleans y a Seattle y regresa a Europa, visita a sus amantes John y Ole. Y ya al final decide regresar a Lyon. Desde que sale del aeropuerto Saint-Exupéry, siente que algo no marcha bien. A la mañana siguiente, toma su lugar en la misma *brasserie* de siempre, a la hora de siempre. Cuando termina de almorzar, recuerda la galería de André Valois. Decide visitarla. Está cerrada. Rebeca se acerca al restaurante y pide información. André ha muerto de cáncer. La noticia la hace pedir un vaso con agua. Los detalles sobran. Ella sobra en ese lugar. Su dedo índice toca su mejilla y siente una lágrima que baja por ella. Una sola lágrima. Usted conoció a mi primo, le pregunta un hombre de cabello castaño. Le gustaba la poesía, dice Rebeca y suspira y se levanta. Algo más agrega el hombre de cabello castaño, pero Rebeca no entiende o no quiere detenerse a entender.

En un viaje relativamente corto, Roma-París, en medio de una gran turbulencia, el capitán le da una noticia que no puede asir. *Are you sure,* pregunta. El capitán es un viejo amigo que conoció en Nueva York, y cuando entra en la cabina se percata de los ojos enrojecidos. Es 11 de septiembre. De inmediato toma asiento y siente vértigo. Ve sus manos, pero sabe que el vértigo no tiene nada que ver con eso que ha descubierto en ellas. Cuántos años han pasado. Debo volver a casa, piensa, pero aún le faltan cosas por resolver.

Entonces el trabajo, hasta ese momento estable, comienza a tambalearse. American Airlines se va a pique, dicen que ha sucedido por el acto terrorista, otros lo atribuyen a la mala economía del país. Hay recorte de personal, hay huelgas que no ayudan en nada. Rebeca se mueve a otra aerolínea. En una ocasión busca a Alphonse en París, y cuando se encuentran lo desconoce. Tiene el cabello entrecano y lleva lentes. Las compañías aéreas vuelven a reestructurarse y Roberto y John son los primeros en sentir la terrible separación. Más trabajo y menos oportunidades de pasear por Copenhague o Manchester o Nápoles. En 2005 la situación es terrible y Rebeca tiene que regresar a Estados Unidos. Pero no quiere tocar El Paso, no todavía. Habla con su madre y le dice que ahora estará más cerca. Eres una buena hija, dice su madre.

El viaje de regreso es largo. Debe llegar a Madrid, desafortunadamente no hay otra opción. Transbordará al día siguiente para seguir su vuelo a Londres, por última vez, y de ahí a Nueva York y de ahí a Chicago y al final aterrizará en Dallas. En Madrid piensa en lo que tiene que hacer. Mientras toma el taxi del aeropuerto de Barajas al hostal llamado Cantábrico, se vuelve a preguntar: Cuántos años han pasado. A la mañana siguiente sale a recorrer los alrededores, y de regreso se da cuenta de que no ha soñado con Sharon Tate. Pero no se siente feliz. *No more nice girl*, dice Rebeca, y aguanta la respiración cuando tiene enfrente el hotel.

En Dallas sigue su rutina de sobrecargo. Ahora se dedica sólo a vuelos domésticos, de Dallas va a Chicago, o a Tempe, Arizona, para entonces retomar el vuelo a Los Ángeles; en contadas ocasiones ha viajado a Nueva Orleans o Washington D.C. Durante ese tiempo está tentada a escribirle a Charles Manson una carta larga llena de insultos, pero al final desiste.

A principios de 2007 conoce a Mark Smith, un hombre que dice idolatrarla. Viven juntos un par de meses, y entonces las peleas comienzan. El temperamento de Rebeca es fuerte. Un día sueña que le clava a Mark un cuchillo en el ojo. A la mañana siguiente, después de llorar todo el día, decide terminar con la relación. Mark se siente destruido, pero para Rebeca no hay marcha atrás.

En 2008 se entera por los periódicos y tabloides que a Susan Atkins le han amputado una pierna. En 2009 la asesina muere y su última palabra es *amén*. Diecisiete veces se le negó la libertad condicional. Entre los objetos devueltos a su marido están los diarios íntimos llenos de remordimiento y culpa y letras de viejas canciones y dibujos de cuerpos humanos sin piernas ni brazos.

El 2 de julio de 2010, su jefe, Andrew Whitehouse, pide que se presente en la oficina y Rebeca piensa lo peor, pero sale bien librada. Ha logrado una buena negociación para su retiro voluntario, más de lo que pensaba. Al salir de la oficina, ve a un grupo de jovencitas llenando formularios similares a los que ella llenó tiempo atrás.

El día en que llega a la casa que habitará por un buen tiempo en Ciudad Juárez, conoce a Luis Kuriaki. Lo que es la vida, se dice. Luis le recuerda en muchas maneras a Alphonse. Es un joven recién egresado de la universidad y, se entera a los pocos días, es periodista.

Perfecto, se dice Rebeca.

Luis Kuriaki recibió la llamada de Santos el 12 de diciembre.

Te va a interesar lo que tengo, le dijo.

Seguro, preguntó Luis, y entonces se citaron en el restaurante de siempre, donde Santos aparentemente trabajaba como levanta platos y el gerente del restaurante, todos los martes, salía a las diez de la mañana para regresar al mediodía.

Ya uno frente al otro, Luis preguntó: Y esto, cuánto me costará, pero ya sabía la respuesta. Santos sólo sonrió y recibió un rollito de billetes, y sin contarlo lo metió a uno de los bolsillos del pantalón. De sus informantes era el único al que Luis le daba dinero.

Resulta que entre las pláticas que ha tenido Luis Kuriaki con su amigo yonqui muerto, el nombre de Oscar Núñez apareció en algún momento. Ahora, gracias a su contacto, tendría más información acerca de ese sujeto.

Te voy a contar una historia, dijo Santos, ves esa chimenea de allá.

Sí.

Es la caseta de vigilancia de un policía. Aquel perro es un perro policía y las monedas que suenan en el pantalón del señor que acaba de pasar, son las tintineantes esposas de un policía. Los tipos que están sentados al fondo del restaurante se la pasan hablando de policías, todo es policía, todos son policías.

Luego Santos colocó una foto pequeñita sobre la mesa. Era la foto de un hombre blanco con nariz muy grande. Delgado.

Este es Oscar Núñez.

Luis acercó la fotografía para corroborar lo obvio.

Oscar Núñez está perdiendo la razón, le dijo Santos, y se inclinó un poco sobre la mesa. Cada sábado viene con un gordo y escucho cómo le va diciendo que todo es parte de un complot contra él, y que todos son policías.

Ahora es martes.

Sí, pero hoy no me concierne. Los días a los que me refiero son los sábados. Siempre se sienta en el mismo lugar.

A qué se dedica, preguntó Luis, y tamborileó su vaso de agua.

Cada sábado es igual, los platillos que ordena varían, así ha desfilado ante él la mayor parte de la carta.

Luis sonrió con una sola comisura.

Santos vuelve a bajar la voz.

Esos sábados, si el platillo se resume a una sopa de hongos y si Núñez viene acompañado de algún tipo, al pobre diablo no lo volverás a ver. Nunca he escuchado sus conversaciones pero, desde la cocina, veo cómo el acompañante mueve la cabeza, a veces negando, otras asintiendo.

Santos ya no podía bajar más la voz, pero lo intentó. Al terminarse el plato de sopa, el gordo se lleva al pobre hombre, dijo.

Santos volvió a poner enfrente la foto de Oscar Núñez y con el dedo índice la golpeó.

Sabes que esto no es mucho, dijo Luis.

Es algo.

No es suficiente, dijo Luis, y extendió la mano en espera del rollo de dinero que acababa de entregar.

Santos, a primera vista, parece tímido, pero conoce bien su negocio. Es *puchador* y trabaja para el cártel de La Línea. Mira a un lado, y con el dorso de la mano se limpia el sudor que de pronto se le ha juntado sobre el labio superior. Por un momento duda en contar lo que tiene que contar. Entonces comienza.

Meses antes lo llamó Núñez para un trabajo importante. En Fabens, entre los matorrales secos y algunas yerbas moribundas, hay un campo que sirve como pista de aterrizaje. Tiene alrededor de dos kilómetros de largo. Lo suficiente para recibir un avión grande. A Santos lo llamaban cada cierto tiempo para despejar la pista y cargar avionetas con mercancía. Pasaban un par de meses cuando lo volvían a llamar. Excepto en noviembre que limpió el campo un sábado y Núñez le pidió repetir el trabajo el lunes con el triple de la mercancía.

No me gustó la idea, acababa de llevar a mi gente y quería que el trabajo se hiciera en lunes. No me olía nada bien, le dijo Santos a Luis.

Al principio no hizo caso de la orden pero, dos horas después del primer telefonazo, Núñez llamó para preguntarle si todo marchaba correcto. La voz sonó tan gélida que a Santos le dio miedo escucharla. Estoy en eso, le dijo. Un poco resignado juntó a los suyos, y ya cuando estaba todo listo para cruzar a Estados Unidos llamó a Fabio Camarena, un amigo que podía prestarle más gente y armas de alto calibre. Fabio Camarena era gringo, así que estaría ahí cuando Santos llegara.

Eran las tres de la mañana al comenzar a despejar el campo, y aunque no se veía, la gente de Camarena estaba oculta, en sus puestos. A las cinco recibió una llamada de Núñez.

Cómo vas, le preguntó.

Hace un chingo de frío, le dijo Santos, y de inmediato se arrepintió de hablar; sin embargo, la llamada se había cortado antes. A Santos eso no le gustó nada.

Un hombre que ayudaba con la limpieza se desvaneció con principios de hipotermia a mitad del campo. No jodan, cabrones, dijo Santos, e hizo que arrastraran al desmayado a su camioneta negra. Ahí volvió en sí.

Si quieres me regreso, no me debes nada.

Usted no se regresa, ya nos arreglaremos, por mientras busque entre los matorrales a Camarena, dígale que lo mando yo. Y el tipo aquel salió de la cabina y se perdió entre los arbustos.

A las seis el frío incrementó.

A las seis con diez minutos recibió otra llamada de Núñez. Atento, dijo, y el teléfono se quedó mudo.

Santos miró a los matorrales. Todo lucía tan solitario.

Se metió las manos mordidas por el frío en las bolsas del pantalón. Aquello no estaba bien.

Pasaron los minutos. Un coyote apareció en la distancia y Santos se imaginó al lado del animal, huyendo lejos de ahí.

A las siete sonó el teléfono, pero al segundo timbre la llamada se cortó.

Chingao, murmuró Santos.

Fue cuando vio el punto en el cielo.

Santos no se movió del centro del terreno despejado. Al principio, el punto en el cielo parecía estar suspendido como estrella. Pasaron los minutos y el zumbido de los motores se dejó escuchar. Tragó saliva y se retiró del campo, el objeto en el cielo seguía pareciendo un punto. Reparó en lo grande que podía ser. No va a poder aterrizar, pensó y miró la tierra, la llanura al sur cortada por matorrales. No le habían advertido qué tan grande iba a ser aquello, la carga era bastante pero, como en otras ocasiones, podían haber sido tres o cuatro viajes de una avioneta Cessna. Si se estrella estamos todos jodidos, se dijo.

En el cielo, el punto creció lo suficiente para develar que era un Jumbo. No puede ser, se dijo. Camarena le gritó ya nos cargaron, compadre, y entonces las armas fueron recortadas. Santos percibió el eco de los cargadores y, antes de saberse protegido, distinguió el color del Jumbo. Era un avión militar. Él mismo asumió su suerte y tan sólo rezó pinche Núñez, mientras sacaba su revólver. Si me voy, no me voy solo, pensó y miró al horizonte. El coyote ya se había marchado y, muy lejos, las montañas sin nombre apenas si se apreciaban. Atrás quedaba México. Sintió la tierra moverse y el sonido ensordecedor de los motores se le metió hasta los huesos. La *migra* tampoco tardaría en llegar. El avión tomó la pista, la tocó, rebotó una vez y luego se aferró a ella. No la va a armar, pensó Santos y por un momento se sintió liberado, el avión parecía llevar demasiada velocidad. Pero en tres minutos ya estaba detenido. Nadie se movió. Treinta segundos que parecieron eternos pasaron y una escotilla bajó. El polvo alborotado comenzó a asentarse de nuevo. Un hombre alto y uniformado apareció por la rampa. Vamos, gritó en un español un tanto forzado, vámonos, gritó de nuevo. Esa fue la señal. Santos salió junto con su gente, excepto el grupo de Camarena, que nunca dejó su puesto. Subieron la mercancía. El uniformado en ningún momento miró a Santos. Una hora después, la escotilla se cerró. El avión giró ciento ochenta grados y volvió a tomar el aire.

Al terminar la historia, Santos guardó silencio.

Eso no es nada, le dijo Luis, pero Santos se dejó caer en la silla y de su vieja mochila negra retiró un fólder amarillo. El fólder contenía fotos. Ahí estaba el avión como una gran ballena encallada en el desierto y el uniformado de frente. Ahí estaban los arbustos donde Camarena y su gente supuestamente estaban escondidos.

Todo aquello valía cada centavo. Luis Kuriaki tomó el sobre y lo guardó en la bolsa interna de su chamarra de piel.

Me puedes llevar al restaurante ese, le preguntó.

Por supuesto, dijo Santos, pero hoy no puedo.

En dónde es, preguntó Luis.

En donde siempre, en el restaurante de mariscos, agregó Santos, y Luis sólo asintió, pero la verdad no tenía ni idea de a qué lugar se refería.

Se dieron la mano. Chascó la lengua y le dijo a Santos que estaba bien.

Toda la tarde estuvo pensando en Oscar Núñez y en aquel avión en medio del desierto. La idea lo envolvía. Por la noche esbozó una nota sobre el militar apurando a la gente de Santos. Se preguntó si en verdad quería sacudir el avispero, si valía la pena su amigo muerto. Cualquiera valdría la pena. Aun así, dejó la nota a medias.

A una semana de haber encontrado el cuerpo destrozado en el parque, Raymundo y Beatriz, amigos de la preparatoria, me invitaron a beber unas copas en su apartamento; el lugar es de ella, donde ha vivido sola desde los veintidós. Ella ha estado moviéndose de sitio con frecuencia, buscando las mejores rentas posibles, viviendo al sur de la ciudad, al oriente y cerca del hipódromo. Raymundo, de vez en cuando se quedaba con ella, y parecía que iban a casarse pronto. Cuando termine la escuela, decía él cada vez que alguien preguntaba por el matrimonio. Falta poco, ella completaba dándole un beso en la mejilla.

Al principio hablamos sobre superhéroes y llegamos a la conclusión de que Batman en verdad poseía poderes sobrehumanos. Era millonario, tanto como para tener tres vidas. La privada, la pública y la del hombre murciélago.

Recuerden que apenas si es un rumor en la calle, porque muy pocas personas lo han visto, como a un fantasma, y el rumor es parte de su vida, agregó y bebió de su cerveza. Es la sombra de todos nosotros, de lo que quisiéramos hacer si no fuéramos tan cobardes. Un hombre malhecho por dentro, que se construye cada noche al salir disfrazado para moler a golpes a los malos. Imagínate a Bruce Wayne esperando la señal en su cueva llena de botones rojos y blancos que encienden y apagan, dijo. Diseñando nuevos aparatos, aviones ligeros, trajes que detengan cuchillos y balas, zapatos silenciosos, guantes que doblen metal, rayos que paralicen. Tan obsesivo como un... como un poeta, dijo, y no entendí lo que decía hasta más tarde. O creí entenderlo cuando llegué a casa y, después de trabajar, me dispuse a dormir y, ya entre las sábanas y el calor de la calefacción, escuché a Samuel hablándome de su vida, su madre rezando día y noche en medio de la sala, su padre perdido en algún lugar de Ohio desde 1995. Aunque estuviera muerto mi amigo iría a buscarlo, y en un momento dudé si podría hacerlo, pero no dije nada, sólo miré la oscuridad del techo y la luz gris que se escurría por las cortinas hasta la computadora y el peinador y los envases de loción y mi carnet de periodista. Luego pensé que tal vez yo no tengo la habilidad para escucharlo, tal vez Samuel era como los Jedi y había logrado comunicarse desde la inmortalidad conmigo, un simple hombre. Samuel era el superhéroe. Y tal cosa me hizo sentir derrotado, por eso no escuchaba a los demás muertos, sólo a él.

La discusión que presencié esa noche entre mis amigos inició como una plática amena sobre superhéroes, y en algún lugar del camino el alcohol se fue hacia la edad y el tiempo y, quién sabe cómo, se desvió a la guerrilla del EZLN, una plática absurda, porque para estos tiempos el subcomandante Marcos ya sólo era una estrella de cine que bebía café en París.

Siempre he pensado que el alcohol nos lleva hacia abajo; después de beber y ponernos alegres, a diferencia de algunas drogas, el descenso a otros territorios es inminente. La atmósfera se espesa, la paz te acompaña y la informalidad te cubre. Beber es relajarse. En otras palabras, descender. Aquella noche, Beatriz dijo que la edad la aterraba.

La edad siempre te confronta, le dije, mejor es que seamos sus amigos.

Me levanté por una cerveza, y cuando la sacaba del refrigerador y la destapaba me di cuenta de que ya comenzábamos el descenso. Es el alcohol, me dije, y tomé asiento de nuevo. Beatriz miraba fijamente el piso, se estaba tomando en serio la plática.

Yo le tengo miedo a muchas cosas, a la sangre, a los perros, a los accidentes automovilísticos..., dijo Raymundo, y lo interrumpí porque intuía por dónde iba yendo la plática.

Anoche soñé que vivíamos en el futuro, les dije.

Y cómo era, preguntó él.

No sé, igual que el presente, pero más cómodo. Se sentía que la vida era más fácil, y el material con el que estaban hechos los edificios y las calles parecía más ligero.

A qué dices que le tienes miedo, le dijo Beatriz a su novio, me pregunto si le tienes miedo a la guerra, si te irías a combatir, por ejemplo, las injusticias en Chiapas.

Eso ya fue, contestó él.

Sabes que no.

Por ti, lo haría.

Me dejarías sola.

Mmmm... sí, pero serviría para combatir mis miedos.

La conversación comenzaba a tornarse aburrida. No había salida para Raymundo.

Quieren otra cerveza, pregunté, pero ellos ya me habían dejado muy atrás.

Dime la verdad, me dejarías aquí sola para irte a combatir al sur.

Un espeso silencio inundó la sala. De lejos nos llegaba el sonido amortiguado de una televisión encendida.

Me tendría que ir, fue la respuesta de mi amigo, y para subrayar su postura dio un trago a la cerveza.

No te irías.

Claro que lo haría, no tengo por qué mentirte. A ti no te gustaría estar con un cobarde. No resistirías vivir con un gallina.

Beatriz lo miró fijamente, quería decirle que tenía razón; pero eso sería más doloroso. Dejó su botella a medias sobre la mesa. Tratando de no perder el equilibrio se levantó y, sin siquiera mirarnos, se retiró a la recámara. Entre Raymundo y yo nos bebimos las últimas cervezas que quedaban y hablamos de música, pensando en que el EZLN era un asunto lejano frente a otros problemas recientes.

En Ciudad Juárez necesitábamos gente como mi amigo y era absurdo todo lo que pasaba en aquel departamento. Ahora mismo me pregunto qué tantas cosas no eran absurdas.

Al regresar a casa encendí la computadora.

Qué haces, me preguntó Samuel.

Voy a sacudir el avispero, le dije, y abrí la nota que tenía a medias sobre Oscar Núñez.

Aquí no existe Batman, le dije, y me levanté por un vaso de bourbon.

Terminé la nota y se la envié a mi jefe.

A los diez minutos me llamó.

No va a salir, me dijo. De inmediato supe que a pesar de ser las tres de la madrugada se estaba comiendo un burrito.

Tiene que salir, le espeté.

Esto es la boca negra de un perro rabioso.

Es mi cuello.

Es el de todos.

Sabes que no es cierto.

No sabes nada, Luis.

Tienes que ver con ellos.

Luis, tengo que ver con todos.

Haz que salga.

La línea quedó muda un momento.

Okey, Luis, saldrá, pero la ajustaré. Le pediré a Rossana que me ayude.

Dile a quien quieras, menos a ella.

A Patricio.

A quien tú quieras.

Pinche Luis.

Luego me colgó, pero mi teléfono volvió a sonar unos minutos después.

Yo no tengo nada que ver con esto, lo sabes.

Si tú lo dices.

Luis, en cuanto colguemos le llevaré la nota a Patricio, saldrá sin nombre, pero saldrá.

Aquí no existe Batman, le dije, y fue todo.

Volví a servirme un vaso de bourbon.

Lo único que faltaba era llamar de nuevo a Santos y localizar el restaurante de mariscos donde Oscar Núñez operaba.

La calefacción se encendió. Miré por la ventana el fraccionamiento. La casa de Rebeca a oscuras, más allá las luces de un avión rayaban un cielo sin luna. Samuel me habló de su familia y luego guardó silencio.

Estás por aquí, le pregunté.

Sí, me contestó, pero ya no dije más.

El siguiente cuerpo lo encontró Mercedes Vences, una joven de veinte años que salió de su casa muy temprano a comprar tortillas. El muerto, hombre joven, de tez blanca, yacía a las orillas de un canal de aguas negras, al lado de lo que fuera el Linterna Verde, un bar de mala muerte en el centro de la ciudad. Del lugar sólo quedaba el cascarón. El gobierno lo había clausurado y pronto sería demolido junto con otros viejos edificios para construir lo que llamaban *el nuevo centro*. En medio de los asesinatos que llovían a diario, se levantaban plazas amplias y grises.

El cuerpo desnudo mostraba un solo balazo en la frente. Tenía las manos atadas a la espalda y la ropa apareció doblada a unos metros.

Después de tomar los datos necesarios, Luis se fue a casa, se preparó un sándwich de jamón de pavo y encendió un cigarro. Cuando terminó de almorzar, tiró la colilla del cigarro al centro del cenicero y fue a su cuarto. Estás por ahí, preguntó en voz alta, pero su amigo yonqui no contestó. Luego se acercó a su buró y desmontó uno de los cajones. Metió la mano al fondo del mueble y sacó una bolsita de coca. La miró y pensó en los zombis que rondaban la ciudad, pensó en su madre siendo devorada por un tigre. Por zombis o tigres, todos terminarían en el mismo lugar. Se vio haciendo una línea gorda y aspirando y luego internándose en un centro de rehabilitación en El Paso, Texas. Sopesó la idea. El intercambio le pareció justo.

El celular comenzó a vibrar. Era Morena.

Pinche Luis, le dijo.

Que pasó, Morena, contestó Luis, y por instinto escondió la bolsita de cocaína en su puño.

Vamos por unas pinches birrias.

Hoy no puedo, mañana.

No mames, contestó Morena.

Luis comenzó a sentirse menos ansioso, como si un peso se estuviera levantando de su espalda.

No pinche mames, dijo Morena, y si decía eso entonces significaba que estaba insistiendo. Luis se mordió el labio y escuchó la bolsita crujir en sus dedos. Eso era bueno, entonces. Morena lo había salvado una vez más. Semanas antes, en la escena de un crimen divisó un paquetito blanco más allá del perímetro colocado por la policía. Se acercó con cautela, pero tal vez se notaba que estaba muy ansioso, porque de inmediato sintió una mano en el hombro. Pinche Luis, le dijo Morena detrás de él. Aquella bolsita que ahora tenía en su poder había llegado a su buró de la misma manera, pero en esa ocasión nadie lo detuvo. Le gustaba pensar en esa bolsita como un salvavidas que no dudaría en utilizar.

Está bien, contestó, nos vemos en el Club 15.

Pinche Luis, dijo Morena y colgó.

El Club 15 era uno de esos bares que aún estaban de pie en la avenida Juárez. Las paredes vivían vestidas con grandes pósteres de mujeres desnudas.

Pensó en invitar a Rebeca. Miró por la ventana, sólo para percatarse de que las luces de la casa de su vecina estaban apagadas. Miró el reloj. Qué raro, dijo, y tomó su celular y marcó su número. Una voz fría le indicó que el número marcado estaba fuera del área de servicio. La calefacción se encendió y de inmediato el sonido tibio recorrió la recámara.

Resolvió llamar a Rossana. Buscó su número en el celular y al marcarlo tampoco tuvo suerte. Tal vez los zombis habían llegado por ellas. Pensándolo bien, el tigre suelto era una falacia, pero los zombis en verdad existían, cómo se podía explicar lo que estaba sucediendo. Al final, Rossana escribió la nota y el jefe de información estaba feliz. Una horda de zombis para toda una ciudad en ruinas. Roja de noche. Miró hacia el buró y el corazón se le aceleró. Así que tomó las llaves del auto y aprisa salió al frío.

El aire estaba cargado de electricidad. Antes de subirse al auto se acercó a la casa de Rebeca y, por no dejar, tocó el timbre. Al final de la calle distinguió las siluetas de dos hombres. Uno de ellos levantó un brazo. Algo brillaba en sus rostros, algo rojo. Roja de noche, pensó Luis Kuriaki, y deseó ese pase de coca, pero ya la bolsita estaba de nuevo guardada en el buró de su recámara. Decidió subirse al auto y alejarse.

Sobre la avenida Vicente Guerrero pasó una patrulla a toda velocidad con la sirena encendida. En la Paseo Triunfo de la República circulaban pocos autos, eran las once de la noche y la ciudad parecía un pueblo fantasma. Dos autos lo alcanzaron, uno por cada flanco, y Luis colgó su credencial de reportero en el espejo retrovisor. Se preguntó si se necesitaban balas de plata para matar a un zombi. En cuanto subió el carnet, los autos aceleraron para dar vuelta en una calle más adelante.

Entre patrullas y camionetas del ejército, llegó al centro, al bar.

Morena ya lo esperaba.

Creo que me están siguiendo, le dijo Luis.

No mames, pinche Luis, contestó Morena, y bebió lo que restaba de su cerveza.

Los zombis se mueren con balas de plata, preguntó Luis

Claro, contestó Morena, y mostró su botella vacía al barman.

Estás seguro.

Por favor, pinche Luis, contestó Morena.

A los zombis los eliminas con un balazo en la cabeza, terció el barman, apuntándose la sien con un dedo, no importa el material.

Luego sacó un libro de debajo de la barra.

Pinches zombis, dijo Morena mientras leía la portada del libro.

Es que no leyeron el periódico, preguntó el barman.

En aquel lugar sólo eran ellos tres en medio de botellas viejas de whisky, bourbon y ron. Botellas cubiertas de polvo. Una patrulla con la torreta encendida pasó frente al bar y, por un segundo, las luces azul y roja cubrieron los cuerpos de las mujeres desnudas.

Creo que me siguen, repitió Luis.

Tal vez, contestó Morena.

A los zombis los tienes que matar de un buen disparo en la cabeza para destrozarles el cerebro. Es como el motor del cuerpo, según el libro, el corazón ya ni bombea sangre, terció el barman.

Un hombre que vendía chicles entró.

Cómpreme un chicle, le dijo a Morena.

Gracias, contestó.

Usted, cómpreme un chicle, le pidió a Luis.

Gracias, contestó él y trató de desviar la mirada, pero aquel hombre tenía la piel bastante reseca por el frío, llena de surcos.

Por favor, agregó el hombre.

Deje de molestar, contestó el barman, y de inmediato puso el libro sobre la barra. La portada era de un intenso amarillo. El hombre de los chicles pareció no escucharlo y se acercó un poco más a Luis.

El barman dio la vuelta a la barra y le pidió de nuevo que saliera.

Cómpreme un chicle, jefe, estos dan buena suerte y se ve que usted la necesita.

Cómo, preguntó Luis.

Siempre dice lo mismo, agregó el barman, y jaloneó al hombre hasta la puerta.

No pasa nada, pinche Luis, agregó Morena, mirándolo por el espejo de la contrabarra.

Ese tipo siempre viene, dijo el barman, hace poco le robó la cartera a un cliente.

No me diga, dijo Morena.

Luis se arrepintió de no haberle comprado un chicle.

Tomó el teléfono y le marcó a Rebeca. Seguía sin responder. Llamó a Rossana y esta vez contestó.

Qué milagro, Luis.

Estoy con Morena en el Club 15.

Estoy con mi mamá, dijo ella.

Ni para preguntarte si te puedo ver.

Hoy no puedo.

Me gustó la nota de los zombis.

No son zombis, Luis, es una infección que altera los nervios.

Okey, Rossana.

Luego se hizo un silencio.

Si quieres puedes pasar a mi casa en una hora, agregó ella, y Luis miró el reloj. Asintió y colgaron.

La última vez que se vieron fue en un parque cercano a su casa, la había desnudado en medio de los columpios y los moros; quería tenerla enfrente de todos para presumirla, para excitarse... y lo consiguió. Mientras la penetraba le preguntó si podía golpearle los senos, ella dijo que sí. Esa era la tercera vez que se veían. En *El Diario* fueron discretos con su relación. Luego tuvieron una diferencia estúpida sobre las notas que cada uno redactaba. Las de Luis eran muy concretas, parcas, y las de ella, lo podía constatar, eran otra cosa. Ese día él se fue a casa y desde entonces hacía lo posible por no coincidir con ella en *El Diario*. Sin embargo, cada vez que pasaba por aquel parque recordaba ese cuerpo desnudo exactamente ahí, entre los columpios.

El barman contó algo más sobre los zombis, acerca de sus ojos negros y secos, de que había algo más podrido en ellos, en el alma, dijo, y de esa infección extremadamente contagiosa que hasta el periódico lo recalcaba.

Luis se despidió.

No mames, contestó Morena.

Nos vemos mañana.

No mames, repitió Morena, pero extendió la mano para despedirse.

Al abrir la puerta, el aire frío le mordió las mejillas. En la acera de enfrente dos policías platicaban. A una cuadra de ahí, en la Plaza de Armas, una camioneta militar permanecía dormida, como un animal con los ojos cerrados. Mientras se dirigía al auto, vio un poco más adelante al hombre de los chicles.

Le gritó que se detuviera.

El hombre se detuvo.

Le compro ese chicle, dijo Luis.

Tuvo su oportunidad, contestó el hombre, se giró y siguió avanzando. Luis se quedó inmóvil mirando al hombre que se alejaba, una ráfaga de aire frío lo espabiló y decidió regresar al auto.

Llegó a casa de Rossana a media noche.

A dónde vamos, le dijo cuando abrió la puerta.

A ningún lado, contestó ella, es que no has leído el periódico, sonrió y se hizo a un lado para que Luis entrara.

Ella cerró la puerta, le tendió la mano para guiarlo.

Luis se quedó un momento en el umbral de la recámara. Desde ahí reconoció el libro al lado de un pequeño sistema de sonido. Era el mismo que el barman del Club 15 leía sobre zombis. La portada amarilla resaltaba entre algunos más.

Qué haces.

Tienes que invitarme.

Rossana tomó el fondo de su camiseta entre las manos y de un movimiento se la sacó. Adelante, dijo.

Luis dio un paso al frente. Recuerdas aquella noche.

Ella se retiró el sostén. Por supuesto.

Luis dio un paso más. La cama estaba sin hacer. Por la ventana entraba la luz fría del arbotante.

Ella se bajó el pantalón y los calzones en un solo movimiento.

Luis se mordió un labio. La recámara despedía un olor a mango. Dio un paso más y levantó la mano hasta alcanzar el seno izquierdo de Rossana. Ella abrió la boca y jaló aire. Le dio la espalda, cerró los ojos. Escuchó el sonido de la cremallera del pantalón de Luis bajar, la hebilla del cinturón al caer, el retumbo sordo de los zapatos contra el suelo. La urgencia en forma de respiración y manos. Miró por la ventana para ver si su vecino la espiaba. La recámara estaba a oscuras. Tal vez espiaba, agazapado en una de las esquinas. Eso era bueno. Luis sintió cómo los muslos de la muchacha se relajaron bajo sus manos. Clavó las uñas en ellos y un pequeño jadeo le hizo saber que iba por el camino correcto.

De regreso a casa encendió la radio y giró el dial hasta sintonizar la 92.3. Sonaba *"The Midnight Special"*, de Creedence. Trató de tomar todos los semáforos en verde, excepto el del cruce de la avenida Tecnológico con Vicente Guerrero, donde debía girar al este, y una patrulla que iba más lento que él se le interpuso en el camino.

Entró en el fraccionamiento. El auto de Rebeca estaba en su lugar. No distinguió a nadie que rondara por las cercanías.

Ya en la recámara, su amigo yonqui le preguntó cómo estaba.

Creo que me siguen, dijo Luis.

Por la tarde fui a casa de Alejandra, mi novia, parece que ya me olvidó, agregó su amigo.

Los zombis me siguen, dijo Luis. Y miró por la ventana. El frío sería más intenso alrededor de las cinco, cuando la caída del sol lo arrastrara del desierto a la ciudad.

Luis:

Espero que estén bien. Mamá me llamó hace unos días. Soñó contigo y me dijo que te hablaría pronto. Al parecer, el sueño la alteró mucho y necesitaba platicarte en detalle algo que tiene que ver con tu trabajo... ya sabes cómo es nuestra madre. Prefiere llamarme a mí que estoy hasta acá, que buscarte por allá. Por mi parte te digo que me quedaré hasta el próximo año; a Marco le ofrecieron completar otra estancia. En la universidad me han abordado varios alumnos contentísimos por el curso que estoy impartiendo. El próximo semestre pediré una o dos clases más. Ya le comenté a mamá y, bueno, ya sabes que ella está feliz; de mi padre ni te cuento, siempre está muy ocupado.

La verdad, no te escribo nada más para saludarte. Déjame decirte que el frío de acá es distinto, no que extrañe lo seco del aire helado de Juárez pegándome en la cara; porque el aire de acá en esta época (espero vengan pronto) es helado. Este sí que tiene cuchillos de verdad o dientes, como quieras, parece que te muerde las orejas y la nariz. Mi vecina me platica que hace unos años, en medio de una lluvia otoñal, el aire del norte (sí, aún más al norte) bajó y la tormenta se comenzó a congelar. Los cables telefónicos se rompieron por el peso del hielo y toda el área quedó inmersa en una cuajada oscuridad por días. Aparte, el hielo sobre banquetas y pavimento se encargó de romper las tuberías. Se quedaron sin electricidad y sin agua y muchos murieron, la mayoría viejitos. Mi vecina, que es una mujer de unos cincuenta años, terminó en el hospital por una pulmonía. Cuando me contaba del incidente, me iba mostrando su álbum de fotos, la familia cerca de las cascadas, el hijo en una fiesta de cumpleaños, la hija recargada en la antigua muralla de Quebec.

De pronto me dieron ganas de estar con ustedes. Así que llegando al apartamento me preparé un chocolate caliente y me acurruqué en el único sillón de la sala. Eran las cuatro y, bueno, te has de imaginar que en estos lugares, a esa hora, comienza a oscurecer.

El álbum lo abrí exactamente a la mitad. Ahí estábamos. La vez que nos invitaste al restaurante Barrigas. Tú y yo abrazados de mamá. Luego esas fotos de la vez que comí con papá y Ana… Pero te cuento algo: la única cosa extraña fueron dos fotos al final. Recuerdo que yo las tomé. Según yo, tú estabas con las manos sobre la mesa de centro. Lo extraño es que en la foto tú ya no apareces, como si te hubieras borrado. Supuse que me equivocaba de fiesta o de imagen. Te digo que deberías estar ahí con las manos sobre la mesa, hasta recuerdo que traías la chamarra de mezclilla que compraste en Querétaro. Podrías ver si tienes esas fotografías.

Cuídate mucho. Te mando besos y abrazos.

Tu hermana.

El agente Pastrana se apeó del auto. Miró hacia ambos lados de la avenida Valentín Fuentes y cruzó los
seis carriles.

El hospital del Seguro Social, con sus nueve pisos
encendidos, en Infonavit Casas Grandes, contrastaba
con el cielo cerrado. Con discreción, pasó los puestos de tacos sobre el camellón frente a la Secundaria
Federal No. 6. Llegó hasta un claro rodeado de casas,
lo atravesó valiéndose de las sombras donde la luz
de los arbotantes no alcanzaba a iluminar, alcanzó
la casa azul de la esquina, la miró y bajó la vista a la
cerradura de la reja. Si era necesario correría el ries-
go, pero era mejor no hacer ruido; estudió la altura
y calculó no más de dos metros; se sujetó de los fríos
barrotes negros, tomó aire y con fuerza se impulsó
sobre ellos hasta llegar del otro lado. La calle siguió
en silencio. De vez en vez, escuchaba los autos pasar por la avenida Valentín Fuentes, a dos cuadras
de ahí.

Adrián Valtierra, que en ese momento veía cualquier cosa en la televisión, aguzó el oído. Bajó el volumen y con cautela miró fuera. Al ver la silueta humana a tres pasos de las escaleras se le fue la sangre a los pies. *Chingao*, dijo, y al perder fuerza en las piernas se tambaleó al suelo.

Hola, dijo la silueta.

No me chingues, dijo Valtierra.

La silueta dio un paso al frente para que la luz de la habitación se encargara de revelar quién era, en la mano llevaba una pistola.

Valtierra se quedó rígido. No puede hacer esto, dijo.

Tú no podías hacer lo que hiciste.

Fue un malentendido.

No seas pendejo, Valtierra, un ojo que tal vez se pierda, la nariz y diez costillas rotas.

Me hablaron de usted, luego lo soñé, dijo, y decidió quedarse callado, ahorrar un poco de fuerzas.

El agente Pastrana se bajó la cremallera de su chamarra de piel y guardó la pistola. Cuántos golpes crees que vale una nariz hecha polvo, le preguntó al hombre en el suelo.

No, dijo Valtierra, llévese todo lo que tengo.

Entonces no te hablaron tan bien de mí, dijo el agente.

Valtierra escondió la cara entre las dos manos.

Esto pudo haber ido de distinta manera.

Valtierra levantó el rostro. A qué se refiere.

El agente Pastrana jaló aire a los pulmones y lentamente lo dejó escapar por la boca. No lo sé, dijo al final.

Valtierra se pasó la lengua por los labios y sintió el sudor acumulado en ellos. Se cree intocable.

Nadie lo es.

Ella se lo merecía.

Es lo que piensas.

Una y otra vez se lo advertí, se lo dije mil veces.

Adrián, susurró el agente Pastrana, y miró lo desaliñado del cuarto. Las paredes parecían sucias y en un rincón destellaban un par de botellas vacías de ron Bacardi. Ahora la historia debe tomar nuevos derroteros, agregó. Miró el televisor, alargó la mano derecha y lo apagó. Estuve a punto de dejarlo por la paz, luego, igual que tú soñaste conmigo, yo soñé con Yolanda, desvanecida en el hospital de aquí enfrente, con la nariz machacada, dijo, y se masajeó los ojos, sabes a lo que me refiero.

Valtierra tragó saliva. Si me dispara, lo denunciaré. Si me toca, Yolanda lo pagará.

No lo hará. Esto es entre tú y yo.

Pruébeme.

No es la primera vez que hago esto, dijo el agente Pastrana. Ni siquiera estoy aquí, agregó, y de los bolsillos de la chamarra sacó un par de guantes de piel. Los caló entrelazando los dedos. Dicen que está lloviendo en Nueva York, en Manhattan.

Qué, dijo Valtierra, y miró el rostro rígido y frío del agente.

Te gustan los superhéroes, preguntó Pastrana.

Está loco.

Deberías creer en ellos, agregó Pastrana, y guardó silencio.

En la distancia se escuchó la sirena de una patrulla y, como si esta fuera la señal, se abalanzó contra el rostro de Valtierra.

98

Santos despertó de golpe. El sonido del tren en la distancia parecía provenir de dentro de su cabeza. Se pasó una mano por el rostro y miró la hora en el reloj de pared.

La noche anterior, mientras estaba de visita en casa de su hermana, al lado de su sobrino de tres años había visto un par de veces la película *Toy Story 3*. Tal vez por el exceso de tacos en la cena fue que en sus sueños apareció Woody, el vaquero, y Buzz, el astronauta. Era terrible pensar en las obsesiones de los muñequitos. Vivir eternamente y buscar por siempre el juego. Vivir resentidos en un rincón del cuarto esperando el cariño de un niño que dejó de serlo hace años. Juguetes moviéndose durante la noche, planeando cómo hacer que un joven que está por marcharse a la universidad y que lo han visto crecer durante años, se interese por ellos una vez más. Pensando en el juego, el juego, el juego. Luego escuchó el sonido de la locomotora y despertó.

Mientras se tomaba un jugo de naranja con vodka, leyó la nota de los zombis en el periódico.

Sonrió apenas. Qué pendejada, dijo.

La nota le molestaba. Había zombis por todos lados pero no importaba si eran zombis o no. No importaban tantos cuerpos. Lo que importaban eran las plazas. Eso era necesario.

Pensó en el vaquero Woody oculto en un rincón de la casa mirando sus movimientos, y un escalofrío le recorrió el cuello.

Una pendejada, dijo, tomó las llaves del auto y salió.

Su hermana lo llamó al celular. Viste la nota, le preguntó.

Imagínate que fuera real.

Entonces no tienes nada qué ver con eso.

Me hablas en serio, le preguntó Santos, y se imaginó riéndose como un científico loco en medio de una horda de juguetes asesinos.

Es algo serio.

Paty, por favor.

No te molestes, sólo era una pregunta.

La conversación terminó.

El restaurante estaba vacío. Quiso entrar y, en cuanto sacó la llave del bolsillo del pantalón, se percató de una nota en el cristal de la puerta: Santos, nos vemos más tarde. La tomó y miró alrededor. La avenida estaba vacía. Por la hora escrita, la nota había sido puesta apenas unos minutos antes. Marcó el número de teléfono de su jefe, pero estaba fuera del área de servicio.

Eran las nueve de la mañana y ya no tenía nada que hacer. Decidió ir a desayunar al Café Central.

Las calles estaban más solitarias que otros días. Al menos eso le parecía. En el café pidió unos huevos rancheros con chilaquiles rojos. Se tomó dos tazas de café y contempló a la gente que iba y venía por la calle. Los rostros serios. De pronto el aire frío aceleraba y la gente trataba de calentarse las manos con el vaho de sus bocas. El próximo sábado tendría que ir a dejar un nuevo cargamento a la pista de aterrizaje y tan sólo pensar en el frío que estaría haciendo por la madrugada lo hizo sentir pesado. Le habló a Gabriel Acosta y le dijo que se preparara para el sábado. Va, dijo Gabriel Acosta, y colgó. Sopesó la posibilidad de llamar a su compadre Camarena, pero eso lo decidiría más tarde.

Santos pidió la cuenta y salió del café. En ese lugar había trabajado su madre. Por eso le gustaba comer ahí. Luego la mujer se fue a vivir a El Paso. Por ella conocía la historia de los Tirilones, una pandilla gigantesca que se dedicaba a robar y matar en los años sesenta. Luego el gobierno comenzó a hacer redadas de Tirilones para llevarlos fuera de la ciudad y exterminarlos. Como viles zombis que eran. Su madre estaba orgullosa de aquella gran purga y de vez en cuando contaba la historia.

Pasó a ver a su hermana, pero había salido de compras. Su sobrino veía de nueva cuenta *Toy Story 3*. Los muñecos lo pusieron nervioso. Le dio un beso en la frente al pequeño, se despidió de la niñera y salió a la calle.

Decidió ir al Recreo, un diminuto bar sobre la avenida 16 de septiembre. El señor Rojas, el dueño, bebía una taza de café. Buenos días, le dijo a Santos mientras tomaba un lugar al centro de la barra. Pidió una Corona que vació en tres tragos, luego una Victoria. El señor Rojas leía el periódico. Los pocos autos que pasaban por la avenida se reflejaban en la pantalla de la televisión. Y mientras contemplaba su botella vacía, decidió regresar a casa.

Al introducir la llave en el cerrojo se arrepintió, pero no había manera de volver el tiempo. Al girarla y entrar supo que se había lanzado al vacío.

Buenas tardes, dijo una voz de entre las sombras de la casa. Las cortinas estaban cerradas.

Santos tomó aire.

Por más que trates de enderezar el rumbo, siempre serás el mismo, dijo la voz.

Santos frunció el ceño. Oscar, preguntó.

Por qué lo hiciste, qué necesidad.

Yo no hice nada, dijo, y dio un paso al frente.

Cuando los ojos se acostumbraron a la penumbra de la habitación, descubrió la mirada fría de Oscar Núñez a unos metros de él.

Eras uno de los mejores, Santos.

No sé a qué te refieres.

Lo sabes.

Ayúdame.

El periódico, Santos.

Santos se pasó la lengua por los labios. Te refieres a los zombis.

Los zombis me valen madre, son noticia vieja, dijo Oscar Núñez, y le lanzó una sección del periódico a los pies.

Cuidado, una voz a sus espaldas lo sorprendió.

Sopesó la distancia a la puerta, a la cocina, al comedor, a su pistola en el cajón superior del trinchador. No tenía ninguna posibilidad.

Innecesario, Santos, dijo Oscar Núñez, y se pasó una mano por el rostro. Sé por qué lo hiciste.

Santos miró al suelo y leyó un encabezado encerrado con color rojo. La sangre se le fue a la cabeza. Sintió un mareo. Ese era el periódico nuevo; entonces la nota de los zombis era de días anteriores. Entendió el reclamo de su hermana.

Santos, en verdad quieres que te lo diga.

No, dijo él, pero la verdad era que no existía razón para haberle contado a Luis Kuriaki aquello. El avión del ejército en medio del desierto. Las pacas de marihuana y cocaína siendo acarreadas al interior del gigante.

Oscar Núñez se aclaró la garganta. Sospechábamos, pero necesitábamos estar seguros de que eras tú. Y esto lleva tu firma. Trataste de hacer lo mejor y lo hiciste y estoy agradecido, pero hagas lo que hagas siempre seguirás siendo el mismo.

Sí, dijo él.

Aparte del periodista, hay alguien más involucrado, preguntó Oscar Núñez.

Él está haciendo su trabajo, dijo Santos.

Y sabes qué es lo peor, que esto no cambiará nada. Los cargamentos sólo se retrasarán, habrá gritos y más muertos y nada de esto valdrá un comino.

Sí, dijo Santos, y pensó en su hermana y su sobrino y su madre y, por alguna razón, a su cabeza le llegó la imagen de miles de muertos vivientes con los brazos extendidos rodeándolo. Luego fue el disparo.

Luis salió del diario a las doce de la noche. Justo al llegar al auto, en el estacionamiento de la avenida 16 de septiembre, una ráfaga de luces lo hizo mirar hacia la otra orilla. Desde un Chevrolet oscuro alguien accionaba el flash de una cámara fotográfica. Por un momento no supo qué hacer. Se quedó paralizado un segundo para entonces tirarse al suelo; las luces no cesaban. Qué hago, pensó, y encorvado corrió hasta el vestíbulo del diario. Tras la ventana, vio cuando el flash se detuvo y el auto arrancó.

Fue a la oficina del jefe de información.

Estás pálido.

Luis se pasó el dorso de la mano por la frente. Alguien acaba de tomarme un chingo de fotos ahí fuera.

El jefe de información sacó del escritorio una bolsa transparente de plástico. Quieres uno, le preguntó.

Sabes algo de eso.

De qué.

De las fotos.

El jefe le quitó la envoltura a un burrito y le dio una mordida. No sé nada.

Qué puedo hacer.

Con qué.

Con lo de las fotografías.

El jefe lo miró a los ojos. Qué quieres hacer.

La oficina comenzó a oler a chicharrón en salsa verde.

Ya entiendo, dijo Luis, y el jefe de información volvió a morder su burrito.

Luis se llevó las manos a la cintura. Tienes algo que ver en esto, le preguntó.

Nada.

Nada de nada.

Luis, alguna vez me hicieron lo mismo y resultó ser la policía completando mi expediente. Todos tenemos uno. Tú, Rossana, Patricio, Morena, todos, dijo, y se pasó una servilleta de papel por la boca.

Y la nota del avión militar.

No la escribiste tú.

La nota había salido modificada y sin firmar. La vio impresa en el periódico, y lo único que hizo al terminar de leerla fue tirarlo al bote de la basura.

Eso no significa nada, le dijo.

No sé, agregó el jefe, y levantó la fotografía del hombre con el balazo en la frente. Cómo vas con esto.

Igual, dijo. Aún no llamaba al agente Pastrana o a Santos. Hizo un apunte mental para comunicarse con ellos lo más pronto posible.

El jefe volvió a colocar la fotografía sobre el escritorio, no sin antes echarle un ojo rápido. Para estos deberíamos inventarnos un vampiro en la ciudad, dijo el jefe, y se quedaron en silencio.

Luis, al menos por hoy, no le seguiría el juego. Recorrió la oficina con la mirada.

En el escritorio resaltaban un jarrón con un par de rosas marchitas y la fotografía de una niña sonriente. De la pared colgaba el dibujo de lo que parecía ser una zanahoria amorfa que, deducía, había sido dibujada por la niña de la foto y por alguna razón tenía que ser presumida. Quién era el jefe de información. Sabía que le gustaban los burritos y que el futbol americano era su deporte, que un par de veces había asistido al estadio de los Vaqueros, en Dallas.

El jefe mordió una vez más su burrito, que ya estaba por desaparecer.

Cuántos años tiene tu hija, preguntó Luis.

Quién.

Luis señaló la fotografía.

Es mi sobrina, Karen.

No sabía que tenías hermanos.

Dos hermanas, tres hermanos y una media hermana que vive en Los Ángeles.

Luis quiso decir algo, preguntar sobre el divorcio y sus padres, pero tan sólo atinó a decir: Tengo ganas de comerme una hamburguesa.

Perdón.

Estoy pensado en voz alta, dijo, y al no tener más que agregar, se despidió.

Volvió a su auto. Antes de salir del edificio miró hacia ambos lados de la calle. Encendió el motor y tomó la avenida 16 de septiembre, hacia el este. Pasó al lado del McDonald's para comprarse una Big Mac, pero ya habían cerrado. Dos o tres personas se distinguían dentro, limpiando el lugar.

De regreso a casa pensó en el vampiro, el asesino del calibre 22, como llamaría al homicida. Ya hablaría con Pastrana, pero antes buscaría a Santos para saber su opinión sobre la ráfaga fotográfica a la que fue expuesto. Notó que le seguían temblando las manos. Miró el reloj y marcó el número del celular de Santos. El número estaba fuera del área de servicio. Casi la una de la mañana. Mientras pensaba en la borrasca fotográfica y lo que podía significar, recordó el largo *e-mail* de su hermana. No lo respondió porque no supo cómo hacerlo. Nunca dio con ninguna fotografía que coincidiera con la descripción que daba ella. La fiesta a la que se refería sucedió un mes después de la segunda sobredosis (hacía cuántos años ya, tres, cuatro). En algunas ocasiones sentía como si aquello hubiera ocurrido mucho tiempo atrás, pero en otras, sobre todo por las mañanas al abrir los ojos, sentía como si el pasón apenas hubiera sucedido. Una foto donde él debía aparecer, y como por arte de magia, ya no estaba. Una foto como la de *Volver al futuro*, donde Marty McFly arriesga su propio nacimiento al llegar al pasado, y a cada minuto que la película avanza y no logra hacer que sus padres se conozcan, se va borrando parte por parte, porque, obvio, ese futuro, su futuro, no sucederá. A Luis se le escapó una risita y miró por el retrovisor del auto. La ciudad detrás de él era la pupila sin fondo de un ojo gigantesco. Las pocas luces encendidas que se reflejaban eran el remedo de un mapa intergaláctico. Al menos nadie me sigue, pensó, y encendió un cigarro.

Se preguntó si Rebeca estaría en casa y marcó el número de su celular. Nada. En estos últimos días apenas si la había visto.

Un auto lo alcanzó en la intersección de la calle Lago de Pátzcuaro con la avenida Paseo Triunfo. Luis en automático colgó el carnet de *El Diario de Juárez* en el retrovisor. El auto aceleró y, segundos después, las luces de los frenos se encendieron y volvieron a emparejarse. Luis desaceleró y miró por el retrovisor. Una pick-up negra lo alcanzó por detrás. El auto comenzó a cerrarle el paso hasta que Luis frenó. *Chingao*, dijo. Tomó el celular; sin saber qué más hacer marcó el número de Rebeca. Y mientras ella contestaba, el vidrio del auto de Luis tronó en mil pedazos. Estoy muerto, pensó, y esperó a que la sangre brotara de algún lado, pero no hubo nada. Un par de brazos entraron por la ventana y de un jalón lo sacaron. Lo arrastraron y lo lanzaron a la batea de la pick-up. Es mi momento de correr, dijo pero no se movió, el cuerpo no le respondía, aquel jalón había sido suficiente.

Oyó: Eres un pendejo.

Oyó: La cara al suelo, puto.

Oyó: Te crees muy chingón.

Eran voces distintas, unas más roncas que otras, pero todas de hierro y dolorosas. La camioneta avanzaba y sobre la espalda sentía un gran peso. Alguien iba sentado sobre él.

Oyó un par de sirenas en la distancia.

Oyó un avión cruzar el cielo. Se imaginó la intermitente luz roja del fuselaje sobre su cabeza.

Oyó las ruedas de la camioneta morder el asfalto hasta convertirse en terracería, luego se detuvieron por completo.

El aire frío comenzó a calarle. Fue cuando sintió algo duro golpeando su cabeza. Supo que iba a morir. Pensó en Rebeca y Rossana, en las nalgas de Rossana, en el cigarro que una vez le negó a un asesino en la cárcel. Pensó en su abuelo muerto y en la cocaína. En el zombi en que se había convertido su madre. Esto es una película, se dijo, y esperó a que un superhéroe llegara de algún lado, del fondo de la tierra, del centro del Sol, de alguna cueva escondida.

Eres un pendejo, escuchó. No sabes que tenemos ojos en *El Diario*. Te crees mejor de lo que eres.

Y las voces provenían de la oscuridad.

Luego alguien dijo ya. Luis apretó los ojos hasta que le dolieron.

Otra voz agregó esperen.

Se hizo un silencio y Luis escuchó su respiración

y los pies de los hombres (cuántos eran) entre piedras sueltas.

Me estoy muriendo, pensó. Al tratar de levantar la cabeza sintió un arma contra la nuca.

Cuidado, dijo un hombre ronco detrás de él.

Contuvo la respiración. A unos metros de ahí uno de estos fantasmas sin rostro hablaba por teléfono y entre las palabras que captó estaban *señor, por supuesto* y *entendido.* Se dio cuenta de que el celular seguía en su mano derecha y Rebeca del otro lado le decía una y otra vez que aguantara, parecía que nadie lo había visto.

Ya, gritaron y cortaron cartucho.

Por favor, dijo Luis Kuriaki, pero eran fantasmas y los fantasmas no escuchan. Se dio cuenta de que esas serían las últimas palabras que pronunciaría en vida.

Alto, gritó otra voz.

Luis Kuriaki sollozó.

Todos, incluso quien estaba detrás de él, se replegaron. Aprovechó para guardar con rapidez el celular en el bolsillo del pantalón. Murmuraron algo. No mames, espetó el hombre ronco. Es una orden, replicó alguien más.

Se acercó uno de ellos. Tienes suerte, le dijo, y Luis sintió un golpe en la cabeza.

Cuando abrió los ojos, se encontraba en su auto. Fue un sueño, dijo, pero la cabeza le comenzó a punzar y se dio cuenta de que el vidrio de la ventanilla se hallaba roto. Buscó el celular en el pantalón y miró la hora. Sólo garabatos. El frío se intensificó y los músculos le dolían. Qué es esto, dijo, y miró la calle; las luces de neón de algunos negocios seguían encendidas. El celular comenzó a timbrar. Era Rebeca.

En dónde estás.

No sé.

Estás bien.

No sé.

Cómo te llamas.

No lo recuerdo.

Descríbeme en dónde estás.

Eres Rebeca.

Escúchame. Tienes que describirme lo que ves a tu alrededor.

Luis miró. Trató de leer el nombre de las calles, pero las letras no le hacían ningún sentido.

Creo que estoy muerto, dijo.

Necesito que te concentres.

Reconoció el negocio de KFC en la esquina.

Pátzcuaro, dijo y tragó saliva, KFC, agregó y volvió a desmayarse.

Cuando abrió los ojos se enteró de que estaba en un cuarto de hospital.

Rebeca descansaba a su lado.

Te darán de alta mañana por la tarde.

Veo borroso.

Es por el golpe en la nuca.

No recuerdo nada.

Yo escuché todo, creo.

Qué sucedió.

Rebeca lo tomó de la mano.

Y mi madre, preguntó Luis.

Acaba de irse.

Soñé con zombis, dijo, y miró las flores en un jarrón.

Son de una tal Rossana, de *El Diario*.

No me acuerdo de nada.

Tenías fiebre.

Crees en Dios.

No.

Yo tampoco.

Guardaron silencio. Entró una enfermera y sin
saludar llegó hasta Luis y verificó el expediente a un
lado de la cama. Algo marcó en él y a renglón seguido se despidió con un seco buenas noches.

Rebeca le apretó la mano. Cuando era pequeña
soñaba con Charles Manson, le dijo. Le clavaba un
cuchillo en el ojo, pero no servía de nada porque ya
había muerto Sharon Tate.

Luis trató de incorporarse, pero no pudo.

Desde que te conocí esos sueños terminaron.

No entiendo.

Tal vez quieras dormir un poco más.

Por lo que veo he dormido demasiado. Aparte están los zombis.

Los zombis.

Cierro los ojos y ahí están.

Los zombis no existen.

Mi madre es un zombi.

No digas eso.

Pero es verdad, dijo, y las manos le comenzaron a temblar.

Rebeca se levantó de la silla y se acercó a una mesita. Quieres un poco de agua, preguntó, pero no obtuvo respuesta, Luis había vuelto a cerrar los ojos.

Rebeca dejó el vaso en la mesita y se acercó a la ventana. Cada día parecía correr más deprisa. En un abrir y cerrar de ojos ya era de noche. Tocó el vidrio y lo frío la reconfortó. Vio más allá de su reflejo, más allá de la calle, pasando los edificios. Por ahí andaban los zombis de Luis y ella no podía hacer nada al respecto. Sintió el peso del fracaso en sus hombros. Así se llama, dijo, y su propia voz la sorprendió.

El 24 de diciembre, por una llamada anónima, la policía localizó lo que al principio parecían diez cuerpos enterrados en una casa abandonada del fraccionamiento Quintas del Valle, al este de la ciudad, muy
cerca del Puente Internacional Zaragoza. La primera
casa, de la primera cuadra. El trabajo pasó a manos
del agente Álvaro Luna Cian. En *El Diario*, el jefe de
información le pidió a Rossana que escribiera la nota. Esa vez no hubo ningún zombi involucrado, ni
tigre suelto, ni vampiro.

El agente Álvaro Luna y un equipo de diez policías estarían casi una semana en la escena del crimen, recolectando, entre el lodo congelado, pedazos
de cuerpos y ropa. El frío por momentos fue tan intenso que un par de policías sufrieron hipotermia.

El 27 de diciembre por la noche cayó una ligera
nevada que entorpeció el trabajo. Rodolfo Mariano,
comisionado del caso, para desperezarse comenzó
a lanzar bolas de nieve, hasta que Gloria Olivares,
compañera en turno, recibió el dedo meñique de uno
de los cuerpos, justo en el pecho. Por la nieve que lo

envolvía, el dedo quedó adherido unos segundos a la chamarra azul de la policía, hasta que cayó al suelo. Alguien se rio. Otros se indignaron y uno, el más joven de ellos, le informó al agente Luna del incidente. El agente Luna sostuvo una plática con Mariano.

Qué pendejo eres, le dijo en la cocina oscura de la casa. Sabes quién es Johnny Knoxville.

No, señor.

Esto no lo hubiera hecho Johnny.

No entiendo.

Ya sé que no entiendes.

Sí, señor.

Algo más que hayas lanzado.

Nada más ese meñique, señor.

Nada más.

Sí, señor.

Ve por un par de botellas de Johnny Walker.

Sí, señor.

El agente Luna se recargó en el fregadero y miró por la ventana, hacia el patio. Alguien iluminaba el fondo de la fosa con ayuda de una linterna. Esparcidos por el terreno los conitos amarillos numerados resaltaban la evidencia.

Qué pendejo eres, Mariano.

Señor.

Y ya quiero esas botellas aquí, le dijo, y puso una mano en el hombro. Si una de tus huellas aparece en cualquier parte de este desmadre, te convertirás en uno de mis principales sospechosos, por pendejo.

No quiero durar más del tiempo necesario aquí, el 31 tengo una cena en Las Vegas.

Sí, señor, contestó el policía y, en cuanto la mano del agente Luna cedió, se apresuró a salir de ahí.

Álvaro Luna suspiró y salió al patio, el aire frío le golpeó la cara. Miró los conitos amarillos y la fosa oscura. Cómo están las cosas, le preguntó a una mujer policía que estaba dentro de la fosa.

Aquí hay más de diez cuerpos, dijo ella.

En dónde vas a pasar el año nuevo.

En El Paso, con mi mamá.

Voy a Las Vegas, a ver a Cher. Los boletos están bien caros.

Me imagino.

Y Raúl, preguntó Luna.

En Las Cruces. Un juego de basquetbol.

Cuánto para que se filtre a la prensa, lo de los cadáveres.

Con estos no se sabe, dijo la mujer policía mirando en derredor.

Un par de policías platicaba al fondo del patio, otros escribían mensajes en su celular. El más joven hurgaba un montículo de tierra. Separaba un pedazo, lo ponía en una báscula, tomaba el peso, lo registraba en una libreta y después vaciaba todo en otro contenedor. El montículo era enorme y el trabajo innecesario.

Qué está haciendo, le preguntó a la mujer policía.

Paga sus pecados.

Paga sus pecados.

Sí. Él fue quien delató a Mariano.

El agente Álvaro Luna sonrió. Pero sólo por el día de hoy.

Ni un día más.

Álvaro Luna se frotó las manos y se despidió de la mujer policía. Caminó hacia la casa sorteando los conitos amarillos. Dentro tomó su celular y marcó un número.

Hola, dijo una mujer del otro lado de la línea, cómo estás.

Bien, corazón, todo bien.

Qué hay de nuevo.

Más cuerpos, eso es lo que hay.

Más de diez.

Sí, pero de esto no digas nada. Deja que sea alguien más.

Me pides demasiado.

Quiero ver cuánto se tardan los otros diarios en enterarse.

En serio.

Por una sola ocasión.

No sé, dijo la mujer, pero Álvaro Luna supo que sí lo haría.

Y entonces para qué me hablas, agregó ella.

Para confirmar que no lo sabías.

Pues ya lo sabes.

Gracias.

La madre de Luis llamó a la puerta.

Luis abrió.

Feliz Navidad, le dijo su madre y lo abrazó. Pudo percibir un ligero aroma a whisky en su aliento.

Tu hermana te manda muchos saludos, dijo mientras le ponía un paquete cuadrado envuelto en papel con árboles de Navidad pintados a mano.

Le acabo de escribir. Le conté todo. Al menos lo que me cuenta Rebeca.

Es guapa.

Sí.

Cuántos años tiene.

No importa.

A mí sí que me importa.

Déjalo por la paz.

El sol estaba por ocultarse. Luis miró la hora en el celular, las seis de la tarde en punto.

Voy a pasar la Navidad con tu tía Martha. Me imagino que te quedarás aquí con…

Rebeca.

Perdón.

Tal vez quieras ir con nosotros.

Aún no me siento bien.

Ella se quedó mirando sus manos un largo rato.

Por qué crees que te haya sucedido tal cosa.

No lo sé.

Me dijo tu padre que te llamará pronto.

Gracias.

Luego se hizo un silencio entre ellos. El motor del refrigerador se accionó. Un zumbido reconfortante.

Sabes qué novela leí la semana pasada. Una de un tal Bernal. Una novelita muy divertida.

Cómo te sientes.

Mejor.

Yo también estoy un poco mejor, dijo, pero no comentó nada sobre los gritos y las cobijas empapadas de sudor a media noche.

Tu tía me espera.

Lo entiendo.

Y me gustaría decirte algo más.

Dime.

Algo en... algo en Rebeca no me agrada.

Está bien.

Lo tenía que decir, es mi instinto, iba a reventar si no lo hacía.

Lo entiendo, agregó él.

Y no tiene nada que ver con la edad. Es una mujer muy guapa.

Gracias, mamá, le dijo y la volvió a abrazar. La acompañó a la puerta y se despidieron.

Te espero en casa.

Sí, dijo Luis, y en un impulso la volvió a abrazar.

Cuando se despidió fue hasta la cocina y se sirvió un trago de whisky. Se quedó mirando las luces de la ciudad. Las luces rojas del cerro Bola. Las luces blancas de la montaña Franklin. De un golpe se bebió su vaso y volvió a servirse. Fue hasta el regalo de su madre, lo miró, lo tomó entre las manos y lo agitó un poquito. Ni idea de lo que podría ser. Lo dejó de nueva cuenta en la mesa. Ya lo abriría.

122 El teniente Martínez le pidió a Pastrana que tomara asiento. Sin quitarle la vista de encima, le arrojó a las piernas una fotografía donde el rostro molido a golpes de Adrián Valtierra miraba al objetivo.

Pastrana tomó la foto, la giró un poco y la colocó sobre el escritorio atiborrado de papeles y sobres.

No te hagas pendejo, Pastrana.

Pastrana miró hacia la pared de la derecha donde colgaba el cuadro de un barco en medio de una tempestad. Era un barco diminuto, navegando en un agua roja y violenta.

No ha hecho ninguna acusación, dijo Martínez.

Ni la hará, contestó Pastrana.

Cuando Marino me habló de ti me advirtió que estas cosas sucederían, ahora tengo que apechugar.

Pastrana bufó.

Cómo está la mujer.

Al menos sabemos que no perderá el ojo.

Me sales caro, Pastrana.

No soy yo, teniente.

Dios, dijo el teniente, y se puso de pie y caminó

hasta la puerta. El hombre que tenía enfrente era más bajo que él, sin embargo, su rostro de piedra y la boca apenas como una hendidura lo intimidaban.

Esa noche estuviste con Juancho Vázquez y Marcelo García.

Sí.

A las dos de la mañana compraste unos burritos en El Compa, donde comiste con Miranda. Me imagino que conoces el lugar.

Sí.

Lo demás déjamelo a mí.

Duraron un tiempo en silencio hasta que el teléfono sonó y Martínez levantó el auricular. No estoy para nadie, dijo y colgó.

Pastrana se levantó y se acercó a la pintura del barco. El mar parecía estar hecho de fuego. Tal vez así era el mar a fin de cuentas.

Me estoy volviendo viejo, dijo Martínez.

Todos nos estamos volviendo viejos.

Eres todo un poeta.

Lo que usted diga.

Te diré algo, sé que sabes muy bien por qué hago esto. Sé que sabes que no soy un completo imbécil y eso me agrada y todo se reduce a que prefiero a un maldito vigilante de mi lado que en el bando contrario.

Y cuál es ese bando.

El otro, dijo, y para no agregar más se pasó la mano por la boca, impidiendo que las palabras fluyeran.

Lo entiendo.

Te seguiré ayudando, Pastrana.

Y yo lo seguiré ayudando en todo lo que pueda, teniente.

Sobre las demás mujeres golpeadas, qué hay.

La mayoría se ha recuperado, la mayoría sigue viviendo en Juárez, excepto por una que se regresó a Zacatecas, pero no hay más que decir.

Un poco, sí.

Dígame.

Martínez se acercó al agente. En estos cinco años has mandado al hospital a una decena de cabrones como Valtierra, unos eran peores que otros y me pregunto de qué ha servido, si te sientes mejor al respecto, si has hecho la diferencia.

Qué importa.

Martínez se pasó una mano por el rostro y encendió la luz de la oficina. Eran las siete de la tarde y el sol ya se había ocultado tras el cerro Bola. En la distancia, sobre la montaña Franklin, en El Paso, Texas, se encendieron las luces que formaban el contorno de una estrella gigantesca de cinco picos. Una cosa más, dijo y se acercó de nuevo a su escritorio, y de uno de los cajones sacó un sobre amarillo y se lo dio en la mano. Encárgate de esto.

Pastrana abrió el sobre y retiró el contenido, eran fotografías. En ellas aparecían tres hombres muertos con un balazo en la cabeza. Un solo balazo limpio. Reconoció a uno de ellos.

Te invito a cenar.

Mañana.

Es un restaurante de carnes por la 16 de septiembre, a una cuadra del mercado Juárez, tal vez lo conozcas.

Pastrana bajó la mirada al suelo tratando de recordar. Vamos, dijo al fin, y abrió la puerta. El tap tap de una máquina de escribir se hizo evidente junto con murmullos y timbres de teléfono.

El teniente Martínez se alegró de que Pastrana se mostrara entusiasta, al menos un poco. O tal vez sólo quería aparentarlo, pero no quiso pensar demasiado. Lo único que deseaba era comerse un buen filete sangriento con papas fritas.

126   *El último sábado de diciembre, mientras Rebeca cuida-*
ba de mí, El Diario *reportó un muerto más en Ciudad*
Juárez. A Santos lo encontraron al lado de la preparatoria
Altavista, cerca del Río Bravo. Le abrieron la garganta
y por ahí le sacaron la lengua, que le colgaba como un
corbatín. Hasta entonces me sentía traicionado por todos
mis compañeros del periódico. Por Morena y por mi jefe.
Era como si estuviera en medio de la película The Thing,
donde cualquiera podía ser el monstruo disfrazado de
persona. Esa tarde tomé una de las mantas del clóset y
me la eché en la espalda. Me senté frente al televisor y me
quedé ahí, pensando en el futuro que venía a mí en un re-
voltijo de cosas, rostros amalgamados, situaciones, risas
y edificios oscuros. Cuando me di cuenta ya era de noche.

   El domingo por la mañana, preparando el desayuno,
Rebeca me retiró la espátula de la mano y me guió hasta
la mesa. Me sentí incómodo porque de alguna manera,
y sin querer, vi a mi madre frente a mí. Supongo que fue
una reacción normal. Me pidió que me sentara y me pre-
guntó si ya recordaba lo sucedido. Le dije que no del todo.
Se levantó, fue hasta el congelador y sacó la botella de

vodka. Eran las diez de la mañana y en el tiempo que teníamos conociéndonos no la había visto beber alcohol tan temprano. Se puso frente a mí. Dio un trago a su vaso y comenzó a narrar lo que esa noche me sucedió. Cada palabra que se desprendía de su boca era como un travesaño en un puente colgante, en momentos asentía y en otros me quedaba tieso. La plática había comenzado a las diez, y veinte minutos más tarde concluyó. Al terminar, mi vaso estaba seco, igual que mi garganta y mi cabeza.

127

Esa tarde me invitó a comer a un restaurante en Fabens, cerca de El Paso. De regreso y por equivocación tomamos una carretera secundaria y poco transitada que no conocía. Rebeca redujo la velocidad para contemplar los alrededores. Vacíos campos de algodón, casas de dos aleros al costado de la carretera, con un foco encendido en la entrada, edificios de madera vieja y colores sobrios, nogales o moros invernando igual que guardianes haciendo la siesta.

Nunca he estado aquí, le dije, y fue lo único que rompió el silencio entre nosotros durante el recorrido. Ella despegó la mano derecha del volante, tocó mi pierna y siguió conduciendo bajo esa luminosidad diurna tan difícil de explicar. Eran las cinco de la tarde, pero la luz era muy tenue, como si nos dijera que el día iba a morir en los próximos diez minutos. Una luz futura que no tardaría en reclamar su tiempo, o quizá éramos nosotros los que irrumpimos de alguna manera en el futuro de las cosas. Cuarenta minutos después de aquel recorrido desembocamos a la Interestatal, giramos al oeste y cruzamos el puente a casa. Ella de pronto me miró, quiso decir algo, pero no se atrevió. Al llegar a casa le dije:

Sé por qué esa noche no morí.

Rebeca apagó el motor del auto y me miró.

No morí porque Santos estaba muriendo, tal vez los convenció de que yo no tenía nada que ver.

Lo crees, me preguntó.

No, le dije, y nos abrazamos. La verdad es que no sabía por qué sobreviví esa noche.

Le pedí un par de horas a solas para poner en orden mi cabeza.

No hagas nada estúpido, me dijo y me dio un beso, ahora te alcanzo, agregó y entró en su casa.

Ya en mi recámara, Samuel me preguntó cómo me sentía.

No lo sé.

Los últimos días me han parecido más cortos, agregó él.

Oscar Núñez me mandó matar igual que a ti, igual que a Santos.

Quién es Santos.

Ya no importa, le dije.

Pero tú no estás muerto.

Porque algo salió mal.

Algo de último momento.

Sí.

En vano esperé a que Samuel dijera algo más.

Me acerqué al buró donde guardaba la bolsita de coca, y no me moví ni un ápice.

A eso de las ocho de la noche miré el patio a través de la ventana; el frío estaba resultando duro ese invierno y los manchones de pasto amarillo se veían reducidos a isletas no más grandes de diez centímetros esparcidas por el lugar. Pensé en el verano que estaba por venir y en ese momento supe que, al contrario del frío que había roto las tuberías tajando con sus cuchillos de hielo, el verano reventaría paredes y vidrios y neumáticos. Nadie sobreviviría, ni siquiera yo que había escapado a la muerte tres veces.

Fui a la cocina, abrí una cajetilla nueva de cigarros y me fumé un par junto al fregadero.

Por la madrugada me llamó Morena.

Pinche Luis, encontramos a Oscar Núñez en un baldío del lote Bravo.

Medio dormido y con cierta expectativa, me vestí. Le di un beso a Rebeca.

A dónde vas, me dijo.

Trabajo.

Vuelve a la cama.

No puedo, le dije, y sin esperar a que me recriminara algo, salí al auto. Hacía bastante frío. Tomé el Rivereño hacia el oeste, hasta la escena del crimen.

Morena me esperaba a la orilla de la oscura y vacía carretera. Ahí no había más que monte y yerbajo.

Pinche frío, dijo cuando estuve a su lado, y comenzamos a caminar hasta un descampado. Los dientes me chasqueaban. No mames, dijo Morena, y me detuvo en seco y puso una de sus manos en mi hombro.

Estoy bien, le dije.

Pinche Luis, me dijo, y extendió la mano libre y yo se la estreché.

Todo bien, le dije, y reanudamos la caminata un poco más allá, pasamos unos matorrales y a lo lejos escuchamos los aullidos de los coyotes. El cielo estaba despejado y la Vía Láctea nos iluminaba. Podía decir que el frío era insoportable, sus dientes me roían las orejas y cualquier otra parte del cuerpo que tuviera al descubierto.

En cualquier momento llegará la pinche policía, dijo Morena, y apuntó hacia un mezquite roto unos metros más allá. Luego accionó el flash de la cámara. Ahí estaba Oscar Núñez. Nos acercamos. Una parte del rostro se la habían comido los perros y los coyotes, pero no cabía duda, era el mismo tipo de ojos claros que tenía en una foto en casa. Le faltaba la mitad del rostro y las orejas, como si el desierto fuera el mar y los coyotes y perros salvajes, peces hambrientos. Las manos también le faltaban.

Cómo sabes que es Oscar Núñez, le dije sin pensarlo demasiado.

No chingues, Luis.

Está bien, le contesté. Cómo te enteraste, pregunté, pero no me oyó o no me quiso contestar.

Le pedí a Morena que tomara suficientes fotografías, como si de esta manera confirmara la muerte y sobre todo la asegurara. Dejé que siguiera con su trabajo y regresé al descampado que pasamos minutos antes, encendí un cigarro. La ciudad desde ahí era una mancha de luces enmarcada por el silbido de la locomotora a lo lejos. En algún punto descubrí las marcas de los neumáticos de un auto. Por aquí pasaron, le dije a Morena, y él siguió las huellas con su cámara. Con sólo ver, supe que ahí había sucedido una ligera pelea, quizá empujones, un arrebato de optimismo en forma de golpe, un no moriré hoy, quizá. Así, lo arrastraron hasta el mezquite aquel.

Pobre pendejo, dijo Morena.

No comenté nada, me quedé ahí fumando y jugando con las monedas que traía en el bolsillo del pantalón.

Por un momento dudé que fuera Oscar Núñez y, para deshacerme de esa sensación de vértigo, regresé al cuerpo a constatar lo que ya sabía. Al verlo no pude más que sonreír.

El celular en el auto marcaba dos llamadas perdidas de Rebeca.

De regreso a casa, el cielo se cerró de pronto y comenzó a llover. Las gotas eran tan delgadas que pensé en copos de nieve, pero el reporte meteorológico para esa semana no decía nada al respecto.

Cuando llegué a casa eran las seis de la mañana y faltaba poco para que clareara. Rebeca bebía una taza de café en la cocina.

Todo bien, me preguntó.

Todo bien, contesté, y me acerqué a la cafetera y me serví café.

Te ves relajado.

Oscar Núñez está muerto.

No entiendo.

Por alguna razón creo que ya no me molestarán. Miré hacia fuera, la lluvia había pasado y el horizonte era de un naranja intenso, como si alguien estuviera encendiendo basura en el desierto. Una tonelada de papel y plástico siendo reducida a brasa. Pero nadie lo sabe, dije.

El agente Pastrana llegó al Centro de Rehabilitación
Social a las once horas. Bajó del auto, miró al cielo
y se retiró los lentes oscuros. El frío de inmediato se
arremolinó en los pies del agente. Sin más, comenzó
a caminar. Pasó la puerta principal, saludó a los custodios, se registró y siguió por uno de los pasillos mal
iluminados hasta el departamento de Prevención.

Cuánto tiempo, le dijo Victoria Aguilera desde un
escritorio con un teléfono negro, una carpeta rosa y
un bolígrafo.

Siempre es demasiado, dijo Pastrana. Dejó en el
escritorio un sobre amarillo y tomó asiento.

Hace una llamada que no nos vemos.

Sí, y por eso me disculpo.

Un año más para las elecciones, y tal vez me vaya
al ayuntamiento.

Eso es bueno.

Es mejor que esto, dijo, y se pasó la mano por el
cuello. Hace dos días hubo un motín donde murieron dos reos.

Pastrana sostuvo la respiración. Tienes miedo.

No, dijo ella, y tomó el sobre. Ya no podemos con tanto trabajo.

Es rápido, en menos de lo que crees estaré en la calle.

Victoria Aguilera lo miró de soslayo y retiró las fotos de los cuerpos con un balazo en la cabeza.

Son tres. Asesinados de la misma manera, dijo Pastrana.

Nunca es de la misma manera.

Tienes razón.

Y yo qué tengo que ver con esto.

Uno de ellos fue un violador. A los otros no los conozco.

Victoria Aguilera separó las fotos en tres grupos sobre su escritorio. Como si una gitana estuviera leyendo las cartas.

Ese es Carlos García Miranda, dijo el agente, y echó el cuerpo sobre el respaldo de la silla.

Ajá, dijo Victoria Aguilera, y de uno de los cajones del escritorio extrajo un papelito donde escribió el nombre. Se levantó y se lo entregó a su asistente en la puerta.

De los otros dos no sé nada. En las fotos un hombre tenía el cabello muy rizado, el otro era rubio.

A ver qué nos dice Adriana, dijo Victoria Aguilera. Se pasó la mano por el cuello y miró al agente. Hay días que no puedo dormir. He pedido mi cambio tantas veces. Hace un año ingresaron a un tipo que no aguantó la *bienvenida*, ya sabes. Cuando me enteré sentí lástima por él. Luego ya no. Había matado a uno de sus primos en el Valle de Juárez, cerca del Millón. Primero le quitó la piel, luego le arrojó aguardiente, le cortó los genitales y se los dio de comer, y por si fuera poco, le untó miel y lo dejó amarrado cerca de un hormiguero, al final lo colgó de un árbol. La autopsia indica que estuvo vivo durante toda la tortura.

Qué mundo.

De pesadilla.

Guardaron silencio hasta que Adriana entró en la oficina y dejó en medio del escritorio el archivo de Carlos García Miranda.

Victoria Aguilera lo acercó a ella y lo hojeó. No hay nada peor que una violación, dijo, y le pasó el archivo al agente Pastrana. Contenía fotos de mujeres con el rostro, los senos y el sexo golpeados y de un color violáceo oscuro. En las cinco víctimas se hallaron todo tipo de pruebas culposas. Saliva, células epiteliales, vello, pestañas, cejas. Todas las víctimas sobrevivieron. Miró fijamente a Pastrana y sonrió. Apuesto a que sabes más.

Sobre qué.

No me malentiendas, Pastrana, no necesito saber más de lo necesario para ayudarte. Quizá estás tan contento como yo de que al menos este infeliz esté muerto.

Pastrana cruzó los brazos.

No seas tan duro contigo.

Pastrana hizo hacia atrás la silla y se levantó.

Está bien. En cuanto me entere de algo de estos dos te llamo.

Gracias, dijo Pastrana, y dio media vuelta. Antes de salir, sin mirarla le dijo que pronto la llamaría, que saldrían como lo tenían previsto. Dejó la oficina y Victoria Aguilera escuchó cuando se despidió de Adriana.

136

Sin duda la excitaba. Tal vez era su sequedad. La dureza con que se presentaba. Se quedó un momento mirando la puerta blanca de la oficina. Hoy no te puedo ver, dijo con voz ronca imitando al agente. Se conocían desde hacía dos años. Pastrana era duro, pero también ella, de alguna manera. Lo había invitado a cenar varias veces. Así llegaron a los besos, y por fin a un acostón. Fue como coger con una máquina. Y se juró no intentarlo de nuevo, pero de pronto se sorprendía pensando en aquel hombre.

En verdad, el agente Pastrana sabía más de lo que le contó a Victoria Aguilera, la jefa del Departamento Preventivo. Ella tenía razón. Por más que los asesinatos se parecieran, nadie moría igual. El cuerpo de Carlos García, aparte de tener un balazo en la cabeza, tenía un par de disparos más. Uno en el abdomen, que le perforó el hígado, y otro en el muslo izquierdo. Alonso Vizcarra, el médico forense, lo había anotado en el expediente. Lo ultimaron mientras estaba desnudo, después lo desangraron, bañaron y volvieron a vestir.

El cuerpo del hombre de cabello rizado no tenía marcas de forcejeo, simplemente un balazo limpio en la sien. Tenía las manos atadas detrás de la espalda con una cintilla de plástico ajustable.

Lo más extraño era que el cuerpo estaba desnudo con la ropa a su lado, pero la ropa le pertenecía a Carlos García.

Eso significaba que la ropa que llevaba puesta García no era de él.

Correcto, dijo Alonso Vizcarra, y se metió las manos en las bolsas de la bata blanca.

Entonces de quién era.

No sé. Tal vez pronto encuentren el cadáver de alguien más.

No tiene sentido.

Aún no.

Si a un muerto le cambian la ropa, qué significa, dijo Pastrana.

Eso no me corresponde.

Tendrás algo más, preguntó el agente sin quitar la mirada del cuerpo.

El cuerpo del rubio no varía mucho del chino. Aunque su ropa sí es la suya. Otra cosa importante, los tres cuerpos tienen estas marcas.

El agente Pastrana se masajeó los ojos y miró los archivos frente a él. Electricidad, dijo.

Sí.

Cuándo se enterarán los periódicos.
No he dicho nada.
Cuándo.
Tres semanas.
Tres.
Cuando mucho.
Gracias.

138

El cuarto cadáver fue un descubrimiento de Israel
Pinchuk, a la entrada del monumento a Benito Juárez, en el parque Chamizal.

Israel llamó a Lilia Hernández, su mujer, y le contó del hallazgo.

Qué haces ahí.

Tomar fotos.

Y le tomaste una foto al cuerpo.

No, dijo, pero luego agregó: sólo una para que lo
veas y la borro.

Llama a la policía.

No.

Entonces llamaré yo.

Qué crees que van a hacer.

Al menos retirar el cuerpo.

Israel se lo pensó. Está bien, dijo, y colgó.

Miró el cuerpo, en la cabeza tenía un pequeño
hoyo negro. Nunca había visto un cadáver. No tenía
nada que ver con las películas. La piel era de un color
lechoso y los ojos estaban abiertos. Era el remedo de
un hombre.

Salió de las blancas paredes que lo contenían, se dirigió al norte, hasta un teléfono público en las afueras de la oficina de Relaciones Exteriores, y llamó a la policía. En un puesto cerca de ahí compró una Coca-Cola sabor cereza; aunque era una mañana bastante fría, el refresco lo confortó. Luego regresó y se apostó cerca del monumento, lo suficiente para no levantar sospechas. A la media hora apareció un hombre de lentes negros. Lo miró a través de su cámara y se dio cuenta de que sus facciones eran duras, como si se tratara de un robot, más tarde le diría a su esposa que parecía una imitación bastante acertada de Terminator. Antes de internarse en el monumento, el hombre se retiró los lentes y miró en derredor, como intuyendo que alguien lo espiaba. Israel bajó la cámara, *chingao*, dijo, y en cuanto el hombre se perdió en el monumento aprovechó para ponerse de pie y regresar a casa.

Pastrana se puso en cuclillas y miró el cuerpo desnudo. Un solo balazo en la frente. La ropa doblada a unos metros de él. Los ojos del muerto miraban al norte. Una ráfaga de aire frío arañó el rostro del agente. El cadáver, con las manos atadas detrás de la espalda, tenía los ojos grises y una cicatriz vieja en la barbilla.

Pastrana miró el suelo. Resaltaban los manchones que antes habían sido chicles y las corcholatas herrumbrosas. Vidrios de botellas viejas. Hojas de periódico formaban una pasta compacta por las lluvias y la nieve. Ningún rastro de sangre.

En la esquina derecha del edificio, cerca de los pies del muerto, vio un botón rojo, grueso, como de alguna chamarra grande y pesada. Sin pensarlo lo tomó para guardarlo en el bolsillo de su camisa. Se levantó y miró hacia el sur, a través de los viejos troncos de los árboles que invernaban escuchó el tráfico del puente internacional que estaba cerca de ahí.

Nadie, excepto yo, sabe que estás aquí, dijo el agente, y escupió a un lado del cuerpo. El aire olía a arena mojada. Sostuvo la respiración y dijo en voz alta: Qué milagro.

Buenos días, agente.

Tantos años en esto y aún no sé cómo le hacen para llegar tan pronto.

Sí que lo sabe.

El agente Pastrana dirigió la mirada hacia Luis Kuriaki. Eso ya lo sé, dijo.

Luis dio un paso y señaló el cuerpo. Otro más.

Otro más, Kuriaki.

Con este van cuatro.

Qué más sabes.

Nada más, agente.

Qué piensas, tigres o zombis.

Ninguno de los dos.

Ninguno.

Esto es la obra de un vampiro.

Pastrana miró el cuerpo, meditando. Tal vez, dijo, y se cruzó de brazos.

Pronto lo leerá en el periódico.

Por supuesto que sí.

Luis Kuriaki dirigió la cámara al cuerpo y tomó varias fotografías.

Siempre andas solo.

Al fotógrafo lo enviaron a cubrir otra nota.

No deberías andar solo, estás en la mera boca del lobo.

A qué se refiere.

Pastrana volvió a dirigirle la mirada, pero no dijo nada. Con la dura expresión en el rostro fue suficiente.

Ya estuve en la boca del lobo, dijo Luis Kuriaki.

Sí, preguntó el agente.

Hace tres semanas me levantaron y por alguna razón sigo vivo. Pienso que Oscar Núñez tuvo que ver.

Pastrana no se inmutó.

Tal vez alguien en *El Diario,* agregó Luis.

Siempre hay alguien en *El Diario,* dijo Pastrana y agregó: En qué estás metido.

Estaba.

Estás.

Me imagino que no lee los periódicos.

Eso es arrogancia.

Lo siento.

Viste cómo terminó Oscar Núñez.

Sí.

Mientras juegas al reportero, alguien juega a los zombis.

Muy cierto.

Pastrana sacó su celular del bolsillo del pantalón. Tengo qué llamar, dijo.

Luis dio otro paso y levantó la mano. Agente, dijo, pero no supo qué más agregar. Pastrana esperó un segundo, luego siguió su camino hacia fuera del monumento.

Luis se quedó solo. Estaba ahí porque el jefe de información lo había llamado y le había pedido que regresara, que era importante, que necesitaba terminar la nota sobre los vampiros.

Yo no tuve nada qué ver con lo tuyo, le dijo el jefe de información. En verdad lo siento. Aunque te advertí. Pensaba que se irían contra Patricio.

Rebeca abrió los ojos. Eran las once de la mañana. Miró el teléfono, pero ya no tenía tiempo de llamar a su madre. Se dio un baño, se vistió y salió. El auto de Luis no estaba en su lugar. Mejor, dijo, y subió a su Ford Fiesta blanco y tomó el bulevar Fernández, hacia el norte. Diez minutos después entró en la colonia El Futuro, pasó junto a la Parroquia de la Sagrada Familia, llegó a la calle Salvador Novo y estacionó su auto sobre la Pablo Neruda, frente al parque solitario. Ahí estaba el pasamanos despintado, las llantas viejas donde los niños jugaban y la cancha de basquetbol con ambos tableros rotos. Sonrió. Cruzó la pequeña calle y tocó el timbre de la vivienda marcada con el número diez.

Alejandra Salazar abrió la puerta. Antes de entrar, ambas miraron de soslayo el parque.

En la sala había una decena de mujeres. Unas charlaban entre ellas, otras, de ojos rojos, miraban el suelo.

Cómo estás.

Igual, contestó y miró en derredor.

Luego tomaron asiento y comenzaron a hablar una por una.

Bien, decía Rebeca esporádicamente. Sí, decía otras veces.

En algún momento, Alejandra dejó su taza de café en el suelo, se levantó de la silla, se acercó a ella y se aclaró la garganta; las demás guardaron silencio. La mayoría de estos crímenes siguen impunes y a las mujeres desaparecidas nadie las busca… y los asesinatos continúan, dijo, y se apoyó en el hombro de Rebeca. Dejemos de ser cómplices, agregó, y habló sobre su hija desaparecida cuatro años atrás, y dijo que por las noches sin más abría los ojos pensando que la chica estaba en el zaguán y no se atrevía a llamar por haberse ido con sus amigas tanto tiempo. Pero ya en la puerta, antes de quitar el pestillo y girar la perilla, sabía que no estaría allí y lloraba y su marido bajaba para juntos mirar la calle vacía. No podemos permitirlo, debemos ser la resistencia, nadie vendrá a ayudarnos, los balazos han amedrentado la lucha, eso significa algo, un golpe fuerte para ambos lados, pero un golpe importante a fin de cuentas. No nos harán callar, dijo, y habló de las estrellas, de la luz que las guiaría hacia sus desaparecidas, Adriana de quince años, Claudia de once y Yadira de catorce, perdidas en aquella noche inmensa donde no amanecía nunca. Pero no todas están en esa situación, dijo, y le apretó el hombro a Rebeca. No más violadores ni asesinos. No más mujeres violentadas y desaparecidas. Y más de cuatro mujeres levantaron la mano y con un gran esfuerzo Rebeca lo hizo también. No, dijo junto con ellas. Viviana, la hija de Sara, fue brutalmente abusada hace dos años, Andrea Duarte, de ocho, sufrió un ataque terrible de su vecino. Ana Gallardo, de un sacerdote, Eva Zúñiga, Sandra Ramírez, Beatriz Lucio y la hija de nuestra amiga Rebeca aquí presente, a quien ustedes le han entregado su corazón. Las mujeres se levantaron y se abrazaron, Rebeca lloró junto con ellas. Como lo hizo por días o por años a solas en algún lugar del mundo sin saber por qué lloraba. Sin tapujos, lloró largas lágrimas antiguas y de alguna manera rancias. Miró la casa pequeña, las mujeres a su lado y el olor a café que envolvía el lugar. Todo era tan real y pesado, las tazas tenían un espacio justo en el mundo, el cristal de azúcar sobre el mantel, el trazo de la cuchara, la mesa que sostenía a las mujeres, y el suelo, el umbral y la ausencia, el lodo en el parque de ahí fuera, la sangre escondida, el llanto por una hija que no existía, y por Amy que había tomado su lugar y forma, como un vaso pleno de mordidas y golpes. Lloró porque mentía y, sin embargo, el llanto por su hija falsa no era artificial, era tan real como una víscera o un pozo. Nunca lo hubiera pensando, sus miedos y sus obsesiones entre Amy, su mejor amiga, y Charles Manson, su peor enemigo, habían tomado un cauce y cuando ella saliera de allí, convertida en una mentirosa y al mismo tiempo en una víctima, su corazón descansaría un poco. Ya en el auto, su hija se convertía en aire, lo que en verdad era, y el rostro de Amy se encargaba de darle fuerzas. Había descubierto aquel grupo en sus andanzas errantes por la ciudad, pensando en su madre que vivía en El Paso, apenas a unos kilómetros de ahí y sin embargo tan distante. Se sentía como la primera vez que vio la luz en aquella casa y los llantos ahogados los escuchó mientras caminaba esperando algo, lo que fuera. Esa tarde se dedicó a hablar de una muchacha violada, las circunstancias eran reales, aunque los nombres no lo fueran. Aquella vez, ya de regreso en casa, pudo dormir, y lo que era importante, Charles Manson, por primera vez desde Francia, no ocupaba sus pensamientos.

Y era verdad lo que Alejandra dijo, aquellas mujeres confiaban en ella. Se sabía sus historias completas. Los daños. Los pequeños triunfos en algunos casos y las terribles derrotas en la mayoría. No, decía junto con ellas, y se mordía los labios.

A las seis de la tarde se despidió.

Caminó al auto e introdujo la llave en el cerrojo de la puerta, pero se quedó ahí, quieta por un segundo. Retiró la llave y, sin guardarla en el bolso, recorrió los alrededores del parque. En cada esquina paraba y leía los nombres de las calles, pasaba la mano por la malla ciclónica y miraba hacia la casa de Alejandra. Recorrió el perímetro completo. De nuevo se acercó al auto, introdujo la llave en el cerrojo y abrió la puerta. Se marchó.

La vida era un tanque de gasolina a medias.

En casa, le marcó a su madre y platicaron del clima y de las cosas que marchaban bien.

Cómo está el clima en Dallas, Beca. Esa era la primera de tantas mentiras. Para su madre ella seguía viviendo allá.

Bien, mamá.

Me alegro.

Sí.

Ya iremos pronto.

Tal vez vaya yo primero a saludarlos.

A tu padre le gustaría mucho.

Claro.

Te prepararé tu paella favorita.

Sí, dijo, y tuvo que apretar los labios.

Hablaron unos minutos más de El Paso y los viejos amigos que mandaban saludos.

Cuando colgaron, notó que la mano que sujetaba el teléfono le dolía por haber apretado tanto el auricular.

La vida era una fecha marcada en rojo en el calendario de la cocina.

Se desvistió, se dio un baño y pensó en el presente y futuro. Su madre y su trabajo, esa razón que la mantenía en una ciudad terrosa, cuadrada y chaparra. Salió del baño y miró su reflejo. Prefirió apagar la luz y conformarse con las sombras a su alrededor.

La vida era una bombilla titilante a punto de morir.

Se imaginó como una vieja gitana cuyas cartas eran la familia y su trabajo. Rebeca se sentó a la orilla de la cama y miró hacia la fría oscuridad, hacia la casa de enfrente.

Luis Kuriaki vivía ahí. Tenía suerte de seguir con vida. Los lloriqueos por teléfono de aquella vez lo habían vuelto un niño ante sus ojos, y pensaba en lo frágil que era todo, eso la llenaba de rabia. Si pudiera hacer algo por él, lo haría... pero no, quedaba fuera de su alcance, hasta el momento. Lo único plausible era estar a su lado. Reconfortarlo. Así sanaría. Si es que algo necesitaba sanar.

El primer domingo del mes de febrero apareció la nota en *El Diario de Juárez*. Un vampiro acechaba la ciudad.

Con esfuerzo, el viernes anterior Luis Kuriaki había escrito y entregado su versión al jefe.

Muy bien, le dijo este, pero al final se publicó una muy distinta y, tenía que admitirlo, mejor. La autora era Rossana Rodríguez.

La madre de Luis se rio al terminar de leerla. Luego miró por la ventana hacia el patio frío.

Doña Carmen fue hasta la despensa, y al ver que no tenía suficientes ajos, hizo una anotación para comprarlos en la siguiente visita al súper.

El teniente Martínez leyó la noticia varias veces y marcó un número en su celular.

Buenas tardes, teniente, contestaron del otro lado de la línea.

Cómo estás, Héctor.

Bien.

Héctor era detective privado y entre los asuntos de esposos infieles que atendía con regularidad, de pronto se topaba con casos de asesinatos, que la mayoría de las veces declinaba.

Leíste el periódico de hoy.

Te refieres a la nota de los vampiros.

Sí.

Por favor, Martínez.

Cuánto hace del caso de la chica aquella.

Dos, tres años.

El teniente se refería a un viejo asunto donde se presumía de un asesino serial vinculado con las mal llamadas Muertas de Juárez. La línea quedó en silencio.

La verdad no sé por qué llamé.

No hagas caso a los periódicos, Martínez.

Sólo quería saber tu opinión, tengo a Pastrana de lleno en esto.

Pastrana.

Lo conoces.

Todos conocen al demente ese.

El teniente se rio. Es un buen policía.

Es un hijo de la chingada, Martínez.

La verdad no sé por qué llamé, dijo, y colgó.

Rebeca llamó a Alejandra. Leíste lo del vampiro, le preguntó mientras sostenía el periódico.

Es absurdo.

Pero eso nos ayuda. Como para recortar la noticia.

Si tú lo dices, dijo, y agregó, espero que no lo hagas.

Es un vampiro, Alejandra.

Me estás tomando el pelo.

Ya nos veremos.

Por favor, porque no entiendo tu entusiasmo.

152 Ese domingo, alrededor de las diez de la noche, Luis se acercó al escritorio de Rossana.

Me gustó la nota.

Ni siquiera es verdad.

Eso no importa.

Cómo te sientes.

Aún me despierto a media noche.

Luis se acercó un poco más. De qué color son ahora, le preguntó.

Violeta.

A ver.

Ella se lo pensó un poco, metió la mano entre los pantalones y jaló las bragas para confirmar el color.

Luis se mordió los labios.

Te invito a mi casa, dijo ella.

Es un poco tarde.

Siempre es tarde.

Luis echó un vistazo a la hora en el celular. Y mientras lo hacía, el aroma que despedía Rossana lo sedujo.

Hueles rico.

Rossana lo miró. Te espero en mi casa, dijo, y le acarició una mejilla.

Antes de salir del edificio, Luis miró hacia ambos lados de la avenida, subió al auto, introdujo la llave al contacto de encendido, la giró y el motor despertó.

Antes de arrancar, contempló las luces de los arbotantes y los edificios oscuros de enfrente, un banco y una distribuidora de automóviles. Por alguna razón sigo aquí, se dijo, y encendió la radio.

Cuando se enteró, ya estaba en la ventanilla de McDonald's, ordenando una Big Mac, con papas y refresco grandes.

Vaya, dijo mientras le daba una mordida a su hamburguesa.

En cuanto estacionó el auto, Rossana ya lo esperaba en el quicio de la puerta.

Te invito a pasar.

Luis puso un pie dentro, le sonrió a la muchacha, y con parsimonia introdujo el otro pie. Cerró la puerta detrás, atravesaron la pequeña sala y se dirigieron a la recámara oscura.

Te extrañaba, dijo ella.

Él la tomó de la cintura y de un solo movimiento le bajó la pantaleta color violeta. Igual yo, agregó, y se besaron, se dejaron caer sobre la cama destendida.

A las tres de la mañana Luis abrió los ojos.

Estás despierta.

Sí.

Sabes cuántas semillas de ajonjolí tiene el pan de una Big Mac.

Cuántas.

Doscientas.

Cómo sabes.

Simplemente lo sé.

El ladrido de un perro complementó el ruido de la respiración que llenaba el espacio.

Sabes cómo se llama la primera persona que obtuvo un récord perfecto en Pac-Man, preguntó ella.

Cómo.

Billy Mitchell, de Florida.

Bonita pareja, dijo Luis, y se aclaró la garganta. Tengo que irme.

No tienes que irte.

Es mejor.

Para quién.

Luis se pasó una mano por el rostro. Sintió el cabello, las imperfecciones de la piel en la frente, las cejas, los párpados, la nariz fría, el bigote y la barba ralos.

El día que te llevé las flores al hospital la conocí. Es guapa. Me pareció un poco...

Mayor.

Iba a decir distante.

Se llama Rebeca. Es mi vecina.

Es más que tu vecina, lo vi en sus ojos. Aunque no me gustó como me miraba.

Hablas en serio.

No lo sé.

Por un momento nadie dijo nada.

Me gustó Rebeca. Cuántas veces han hecho el amor.

Varias veces.

Deberías invitarla, aquí con nosotros.

Es en serio.

Por supuesto que es en serio. Me gusta hacerlo cuando alguien más me ve coger.

No tengo idea de si le gustaría algo así.

Tienes que preguntarle.

Luis lo pensó un momento. No creo.

Me gustaría que nos viera hacerlo. Me gustaría verlos a ustedes dos.

Por eso me gustas tanto.

Yo te quiero, Luis.

Muchacha, dijo, y le dio un beso en la mejilla.

Quédate aquí, conmigo.

Luis se incorporó. Deslizó la mano por encima de las sábanas hasta localizar la cadera de Rossana. La dejó ahí un momento. Buscó su ropa en el suelo y la encontró junto a un libro sobre vampiros.

No tienes miedo de salir tan tarde de aquí, preguntó ella.

Lo peor ya pasó.

Si tú lo dices.

Luis se acercó, buscó sus labios y la besó. Se retiró. Recorrió la cocina, atravesó la pequeña sala de estar. Abrió la puerta, y sin más, llegó a su auto y se marchó.

Rossana escuchó el motor encenderse, acelerar y partir. Tenía las manos heladas. Se hizo un ovillo entre las cobijas. Trataría de mantenerse despierta hasta que Luis llegara a casa, unos veinte minutos. Imaginó el auto de Luis recorriendo las calles, tomando la mayoría de los semáforos en verde, luego pensó que Rebeca era quien conducía. No puedo dormirme, dijo, pero sabía que no lograría mantenerse despierta.

A Billy Mitchell, campeón en Pac-Man, se le atribuyen
varios récords mundiales en videojuegos: Centipede,
Donkey Kong y Donkey Kong Jr., los cuales en distintos momentos le han sido arrebatados por un tal
Steve Wiebe.

En varias ocasiones en las que Billy Mitchell se
presentó en El Paso, Rossana aprovechó para cruzar el puente y entrevistarlo en el Chilli's de la calle Mesa, cerca de la Interestatal I-10. Era delgado
como un palillo y no bebía alcohol. En febrero de
2011 sufrió una crisis nerviosa por el acoso continuo
del *señorito* Wiebe, como lo llamaba Billy Mitchell.
Lo retaba constantemente a través de diarios y no-
ticieros para confirmar que él era mejor en Galaxy,
Moon Patrol y Burger Time. Se vieron en un famoso
restaurante de hamburguesas llamado Scotty's, sobre
la calle Washington, en Columbus, Indiana. En Saint
Louis se volvieron a ver en un pequeño restaurante
de hamburguesas y hot dogs llamando Gitto's, sobre
la avenida Shaw, cerca del zoológico. En Mississippi
y Nueva York se avistaron en sendos McDonald's. En

Los Ángeles volvieron a chocar sus miradas mientras le entregaban a Billy un reconocimiento por parte de Microsoft, durante la feria E3 dedicada a las consolas y videojuegos. Quiero destruirte en Centipede, le decía, hasta que Billy Mitchell no pudo más. Una tarde se apareció en la corte de Hollywood, en el condado de Broward, Florida, y pidió una orden judicial contra Wiebe, para mantenerlo alejado por lo menos a un radio de quinientos pies, además no podía llamarlo por teléfono ni mencionarlo en ningún medio de comunicación. Pero el daño ya estaba hecho.

Tengo un sueño recurrente donde Wiebe desconecta la maldita máquina de Centipede, justo cuando estoy por llegar a los nueve millones de puntos, le dijo a Rossana alguna vez.

Rossana trató de reconfortarlo.

Billy Mitchell dijo que era una insensible y no entendía la gravedad del problema. Sabes lo que significan nueve millones de puntos. El tiempo implicado. La concentración. Tengo seguidores, Rossana, sabes cuántas cartas de niños recibo al mes, soy un ejemplo para ellos. El videojuego es apenas una simple metáfora para entender cosas más complejas. Morir a la mitad de un nivel significa otra cosa. Un esfuerzo inútil, trabajar sin convicción.

Tal vez no lo entienda, contestó ella, y colgó el teléfono.

Después, Billy Mitchell le hizo llegar una grabación conmemorativa de su juego perfecto de Pac-

Man, a manera de disculpa. Ella tomó el DVD y lo guardó entre sus libros de zombis y vampiros.

En 2012, por el *New York Times* se enteró de un intento de suicidio con pastillas para dormir por parte del jugador.

Ella lo llamó y él desmintió la noticia.

No es eso, fue una prescripción errónea, argumentó, gracias por llamar.

Su gira por Japón se pospuso para julio. A China iría en octubre y pasaría una temporada larga en Europa: Dinamarca, España, Francia y Holanda. Pero pronto iré a El Paso, a un congreso sobre utopía y videojuegos. Eso a principios de marzo, le dijo a Rossana.

El agente Pastrana leía el periódico cuando sonó su celular. Era Victoria Aguilera llamando a las dos de la mañana.

Estás despierto, le preguntó.

Acabo de llegar de la estación.

Sabemos quién es el rubio. Se llama Adrián Soto Heredia. Lo reconoció un custodio. Un raterillo que presumía tener muchas *novias*. Pero varias, nos enteramos, lo denunciaron por violación. Una casi muere.

El agente se levantó de la silla. Dobló el periódico y se encaminó a la sala donde expuso las fotografías de los cuerpos sobre la mesa.

Algo más, dijo, Adrián Soto ostentaba su hombría con un prominente miembro, tanto que al penetrarlas les hacía daño.

Vaya, dijo Pastrana.

Del chino no tenemos nada todavía.

Te debo una.

Te llamo en cuanto me entere de algo más.

El agente miró las fotos. Estaré esperando.

Pastrana escribió "Adrián Soto Heredia" arriba de la foto. Esto confirmaba lo que intuía. Sólo necesitaba saber quién era el de cabello rizado. Dio un paso hacia atrás. Carlos García Miranda había violado a cinco mujeres. Adrián Soto Heredia era un violador. El hombre de la vieja cicatriz en la barbilla se llamaba Rogelio Carlo Gallardo, violador. Podía adivinar a qué se dedicaba el de cabello rizado.

Por qué, quién, cuándo y cómo, se dijo Pastrana, y comenzó a escribir la palabra *violador* sobre las fotografías, después los nombres de las víctimas. Ya completaría el diagrama cuando llegara toda la información de Victoria Aguilera. Dio un paso hacia atrás de nuevo. Quién, dijo, y caminó hasta la ventana. Pensó en su prima desaparecida. Luego desvió la mirada hacia el diagrama. Se acercó una vez más y leyó cada uno de los nombres de las víctimas.

Como ladridos de perros, se escuchó una ráfaga de disparos en la distancia.

Raymundo y yo nos hicimos amigos en la cafetería de la preparatoria, cuando rondábamos los dieciséis o diecisiete. Por ese entonces, él ya contaba con una colección enorme de cómics.

A veces me llamaba para decirme con entusiasmo lo que había comprado. Algún número especial de Batman, un viejo ejemplar de Smokey Stover o un cómic de Alan Moore. De vez en cuando me prestaba alguno. Usualmente las tramas eran repetitivas y sosas a mi parecer, pero una vez me interesé realmente por la novela gráfica The Watchmen, una historia policiaca donde Moore ponía en duda quién en verdad era el bueno y a los ojos de quién.

Debo confesar algo. En una fiesta con mis amigos de la prepa, la pregunta brotó sin más, ¿si tuvieras un superpoder, cuál sería: la invisibilidad, la fuerza sobrehumana, los rayos equis, la posibilidad de leer la mente. Al principio Beatriz dijo que ser invisible sería lo mejor. Su respuesta me inquietó y le dirigí una mirada discreta.

La fuerza sobrehumana, apunté.

No creo que sea el mejor poder, agregó Raymundo, de

qué valdría, sería como tener una troca 4x4 como amigo, serviría para mover muebles.

Volar es un buen poder, pero en invierno te morirías de frío, alguien agregó.

Miré a Beatriz, ella me devolvió la mirada y le sujetó la mano a Raymundo.

Creo que ser psíquico sería el mejor entonces, agregué.

Pero qué significa ser psíquico, preguntó ella, porque hay quienes pueden mover o incendiar objetos con la mente.

Eso no es ser psíquico, agregó Raymundo.

Así seguimos hasta que la plática tomó otros derroteros, The White Stripes, Nirvana y Blur.

Varios días después llamé a Beatriz.

He estado pensando en los superpoderes, le dije.

Quieres venir a mi casa.

Sí.

Ven.

Colgamos. Me subí al auto. Ella, en ese entonces, vivía en el Fraccionamiento Villahermosa, cerca de un viejo puesto donde vendían buenos tacos de carne asada.

Sobre la mesa descansaban algunos cómics.

Raymundo me los prestó, dijo, y sacó un par de cervezas del refrigerador.

Hablamos y bebimos mientras la tarde caía y el frío de aquel otoño recorría los espacios, nos tocaba.

Miré el reloj.

No te preocupes.

Pienso en los superpoderes.

En verdad creo que ser invisible sería el mejor.

Tendrías que andar desnuda.

Sí.

Cómo crees que puedas volverte invisible.

Beatriz lo pensó un momento, desvió la mirada hacia algún lado de la cocina y sonrió.

Entonces, dije.

Ella se levantó de la silla y se puso frente a mí. Así, agregó, y se sacó la blusa y los pantalones, luego se quitó el sostén, al final se bajó las bragas. Tenía el pubis depilado.

Y tú, qué superpoder tienes, me preguntó.

El poder de traer un par de cervezas.

Quieres un pase, me preguntó, fue a la recámara y regresó con un paquetito transparente.

Lo dejó sobre la mesa de centro.

Me gusta tu invisibilidad, dije.

Ella se sentó en un sillón frente a mí, dejó caer su cuerpo en el respaldo y abrió las piernas.

Sé lo que estás pensando, me dijo.

La mirada puede decir mucho.

No lo digo por la mirada. Hay algo más.

Es la respiración.

Ella se llevó una mano a la entrepierna.

No es ni la mirada ni la respiración.

No te entiendo.

No importa, Luis.

Me acerqué a ella. En aquel tiempo Beatriz utilizaba anteojos. Se los retiró, los colocó junto a la bolsita de cocaína y comenzó a desvestirme.

Si alguna vez decido casarme, me dijo, *me conseguiré a un tipo como tú.*

Eso fue todo. Nuestra relación siguió por varios años y, aunque nos veíamos muy poco, más veces la vi a ella que a mi amigo. Tan sólo necesitaba cruzar el umbral de la puerta para que Beatriz se desnudara, y si yo lo hacía o no, ella igual se paseaba por la casa, me besaba, jugaba con su sexo mientras hablábamos de cosas cotidianas. Luego algo sucedió: algún sábado de otoño, mientras descansábamos en su cama, me dijo que parecía que estaba embarazada. La semana entera esperé a que me confirmara la noticia, pero nunca lo hizo. Dejó de contestar mis llamadas. Atrás quedaron esos días de jugar a la mujer invisible, al menos conmigo. A partir de entonces, su relación con Raymundo se estrechó, pero de eso no quiero hablar.

Luego apareció Rossana en mi vida. Varios días después de conocerla, mientras nos quedábamos solos por las noches en el periódico y platicábamos de pornografía y de lo que significaba para cada uno, recibí en mi correo electrónico un video donde ella se masturbaba, luego sucedió lo del parque.

Con Rebeca siempre ha sido distinto. Ella se interesa por mí. Me cuida como un viejo amor, es tranquila y distante y últimamente nos hemos visto poco. Una vez le pregunté por su familia, me dijo que ellos vivían en Cuernavaca, pero al parecer no estaba preparada para tal pregunta. Una noche, mientras dormía, escuché la palabra morir salir de sus labios. Luego lloró entre sueños *y la desperté. Le pregunté si estaba bien, me dijo que sí. Le pregunté si recordaba algo, me dijo que no. No quise insistir en el tema. Luego sucedió el levantón donde casi muero. Sentí cómo las cosas cambiaron entre nosotros. Desde entonces me mira de otra manera, más amorosa y al mismo tiempo protectora. Cosa que no me agrada.*

Ya lo dije. Uno siempre es el mismo. Creo que ella de alguna manera trata de ser alguien distinta a quien es. Que cómo lo sé. Lo intuyo. Es mayor que yo y hay veces que eso nos pesa y me pregunto si podré alguna vez aguantar su ritmo. Me preguntó qué ve en mí y para nada son la noche y mis días con la coca y la violencia en la luz de la madrugada, los muertos y las notas que escribo y los cuentos que nunca podré escribir. Cuentos de zombis y tigres y vampiros, naufragios que tienen que ver con las veces que he visto la muerte. Y eso me hace pensar en esta ciudad. Toda la violencia contenida en ella vista a través de mis ojos, que son los de Rebeca. Si lo he vivido, ella lo ha vivido, le han gritado en la cara, ha tenido una pistola en la nuca. Tal vez exagere, pero lo dudo. Un día hablaré de mis sueños y no tendrán nada que ver con hombres fuertes que sepan volar, sino con asesinos en medio de la noche, como este que mata de un solo balazo en la cabeza. Y los otros tantos que dejan por las calles hombres vaciados, hombres degollados, mutilados, como si la vida misma los hubiera tragado de un solo bocado y después devuelto como cosas amorfas. Y no hay fiesta y noche que dure tanto, lo sé.

El teniente Martínez hizo pasar a Pastrana a la oficina.

Eran las siete de la tarde y el cielo se veía despejado.

Pastrana tomó asiento. Salvo por algunos sobres amarillos más, el aspecto del escritorio era el mismo de la última visita.

Leí el reporte.

Pastrana no se movió ni un ápice.

Así que tenemos a un cabrón que asesina a violadores.

No lo sabemos del todo, teniente.

Tres de los cuatro tipos son violadores, dijo Martínez, y se restregó los labios con una mano. Me pregunto qué sabrán los diarios.

No importa lo que sepan.

Entiendes la gravedad de esto.

Es bastante clara.

Martínez sonrió, miró hacia la calle por la ventana entreabierta. Se tronó los dedos de las manos. No te salva de nada si vas por ahí golpeando gente, matar o no matar es apenas uno de tus problemas.

La boca de Pastrana era una línea recta, muy fina.

Me pregunto qué harás cuando descubras quién es ese maniático.

Qué quiere escuchar, teniente, que lo felicitaré, que me uniré a sus filas, que seré su coartada.

Martínez lo pensó y sólo atinó a decir *chingao*.

Sí.

No eres intocable.

Nunca he dicho tal cosa.

Actúas como si lo fueras.

Pastrana se levantó de pronto y el teniente Martínez apretó los labios.

Tengo trabajo, dijo Pastrana.

Ya te puedes ir.

Con permiso.

El teniente Martínez se incorporó y abrió la puerta, miró cómo el agente llegó hasta el escritorio, tomó su chamarra de piel de la silla y salió de la estación. No estaba tan preocupado, a fin de cuentas, si lo requería, sacrificaría a Pastrana.

Luis Kuriaki llegó a casa, encendió la luz de la cocina, abrió el refrigerador y tomó una cerveza. Con desgano subió a la recámara. En su escritorio desplegó las fotos de los muertos. Gracias a Rossana y a la amistad con un policía, obtuvo la copia del archivo sobre los asesinatos cometidos por el vampiro, el asesino del calibre 22. Cuando lo abrió y leyó el nombre del agente encargado del caso, se sobresaltó. Qué pasaría si Pastrana se enteraba de que el reporte estaba en su poder. Leyó sus apuntes y el expediente completo. Contempló las fotografías.

Cabrones, dijo. Bebió de su cerveza y suspiró.

Cabrones quiénes, preguntó su amigo yonqui.

Estos pendejos.

Okey.

Luis se mordió el labio. Puedes verlos por ahí.

Yo veo a los vivos.

Entiendo.

Qué hicieron.

Al menos estos tres eran violadores, de este no se sabe nada.

Su amigo yonqui se quedó callado.

Sigues ahí, preguntó Luis.

Pensaba en Fabio, después de dos días de desaparecido lo hallaron en un tambo de concreto.

Entiendo, dijo Luis, pero no sabía quién era Fabio.

El agente Pastrana llegó a casa a las once de la noche, cojeaba de la pierna derecha. Entró en la cocina, abrió el grifo del fregadero, esperó a que corriera agua caliente y metió las manos rojas e hinchadas bajo ella. El agua que caía a la coladera primero fue de un color rosáceo y al final transparente. Escupió sangre. Dejó que sólo corriera agua fría, hizo un cuenco con las manos y se las llevó al rostro. El pómulo derecho le sangraba y tenía un moretón arriba del ojo izquierdo.

Sonó su celular.

Buenas noches, agente.

Sí.

Soy Luis Kuriaki.

Dime.

Si está muy ocupado lo puedo llamar mañana.

Estoy en casa, dijo Pastrana mientras se miraba la mano derecha, los cortes, las pequeñas hinchazones.

Sólo hablaba para saludarlo.

Al grano.

Me preguntaba si tenía algo sobre el muerto de cabello chino.

Aún nada. Si sabemos te llamaré.

Habla en serio.

Por supuesto que no.

Pero lo puedo llamar yo.

No me importa lo que hagas o dejes de hacer. Si necesitas llamarme hazlo las veces que te plazca.

Le puedo preguntar algo más.

Adelante.

Cree que aún estén interesados en mí.

Quiénes.

Usted sabe.

Desde que aceptaste hacer lo que haces hay gente interesada en ti. Sólo hay una certeza en este mundo, aunque no se sepa cuándo sucederá. Lo cual no te libra de nada.

No entiendo.

Yo creo que sí.

Pastrana escuchó cómo el muchacho bebía algo.

Se sorprendió de que le hubiera llamado, preguntó Luis.

Pastrana tomó asiento en una de las sillas del comedor donde tenía las fotos de los muertos. En absoluto, dijo, ahora tengo que colgar.

Su gente que trabaja en los casos de personas extraviadas no ha dado con nada sobre este cabrón, imagino.

Pastrana colgó.

Revisar los reportes de gente extraviada era parte del trabajo de Victoria Aguilera. Pronto le tendría algo.

Pastrana subió las escaleras cojeando. En su recámara, con cuidado se quitó el pantalón, el muslo izquierdo presentaba un moretón justo en medio.

Pendejo, dijo.

Cuando iba de regreso a casa llegó al restaurante El Cometa. Entró y se sentó en una de las mesas que daba a la avenida 16 de septiembre. Ordenó unos tacos al pastor y un refresco de manzana. Comió en silencio, pensando en el supuesto vampiro que rondaba la ciudad. Al terminar, pagó la cuenta y salió a la calle con su lata de refresco a medias. Rumbo al auto, tres tipos lo rodearon. Pastrana los miró. El estacionamiento, salvo por ellos cuatro, estaba vacío.

Te mandan saludos, gruñó uno de los tres.

Quién.

Sabes quién.

Pastrana trató de meter una mano en la chamarra.

Ni lo intentes, protestó otro, el musculoso.

Me tienen que ayudar.

Pinche policía pendejo, dijo el más alto.

No me asustan.

No queremos asustarte, gruño el primero, sacó una pistola y apuntó al policía.

Pastrana comenzó a caminar hacia él, y justo cuando escuchó el clic, el percutor siendo enganchado, le lanzó la lata de refresco al rostro y se abalanzó contra él. Así comenzaron los golpes. El musculoso le propinó un par de puñetazos en el pómulo y la barbilla, Pastrana lo aporreó tan fuerte que algo crujió en la boca de su contrincante. Luego regresó contra el que gruñía sobre el suelo y comenzó a patearlo, fue cuando sintió el golpe en la pierna, el alto tenía un bate de madera en las manos. Por fortuna fue un golpe malogrado, tal vez por el miedo. Por un momento sus miradas se cruzaron. El alto miró algo en los ojos de Pastrana y, ante lo que le revelaban, se echó a correr. Pastrana dio dos pasos y se derrumbó en el suelo. Se puso de pie, miró hacia atrás, hacia los dos tipos derrotados. Cojeando se acercó al que gruñía.

Quién fue.

El tipo tosió.

Quién fue.

Valtierra.

Adrián Valtierra.

Su hermano.

Pastrana lo soltó.

Cojeando llegó al auto, sacó su celular y se quedó pensando, lo guardó y se marchó a casa.

Con la yema de los dedos examinó la pierna herida, la piel sobre el músculo abultado comenzaba a tornarse violácea. Fue hasta el peinador y tomó el frasquito de Percodan, retiró la tapa y se tragó dos pastillas.

A las dos de la mañana su celular volvió a sonar. Era Victoria Aguilera.

Estabas dormido.

Importa si lo hubiera estado, preguntó Pastrana.

Por qué no vienes a mi casa.

Ahora no puedo.

Tengo algo nuevo y me preguntaba si lo necesitarías ahora mismo.

El teléfono quedó en silencio.

Entonces, dijo Pastrana.

Te intriga.

Sí.

Victoria Aguilera comenzó a contarle los detalles del hombre de cabello ondulado. Quién fue, en dónde había vivido y qué lo unía a las demás víctimas. Pero eso ya lo sabías, dijo al final.

No estaba seguro. Tienes los generales de sus víctimas, preguntó.

Por qué no vienes, aquí tengo todo.

Pastrana miró hacia la calle, uno de sus vecinos había instalado un par de lámparas solares en su jardín y a esa hora la luz que despedían comenzaba a mermar.

Se miró la pierna, gracias a las pastillas el dolor ya menguaba. Con dificultad se incorporó sobre la cama, buscó sus pantalones y la camisa. Se calzó los zapatos. Al tomar las llaves del auto se miró las heridas en la mano. Abrió la puerta y salió al frío.

176   *Ahora necesito hablar de mi padre. Antes de que aban-*
       donara la casa, lo vi con Ana en un restaurante sobre la
       avenida Gómez Morín.

       Ella tenía recién cumplidos los veinticinco años y mi
       padre le doblaba la edad.

       Si me quieres invitar a comer, invítame ahí, en algún
       momento dijo, y eso fue el principio del desenlace.

       La invitación llegó tras varios guiños. Primero la mu-
       chacha elogió su corbata en la pequeña alacena de las
       oficinas donde trabajaban y él prontamente resaltó su
       corte de cabello. El formal saludo se convirtió en un tuteo
       agradable y luego en un tuteo cariñoso. Así comenzaba
       cada mañana; se ponía inquieto si no la veía recorrer los
       pasillos antes de llegar al escritorio y encender la compu-
       tadora.

       Por supuesto que habían comido juntos antes, pero ya
       era distinto; el saludo de las mañanas significaba algo,
       y por lo tanto la comida debía significar mucho más. Se
       sentía halagado porque una joven se fijara en un hombre
       como él.

       Yo conocía el restaurante por unos amigos y esa tarde

quedamos en comer ahí. Al verme al pie de la puerta, mi padre se quedó helado.

Qué sucede, preguntó ella.

No es nada, dijo él.

Yo no pude entrar en el restaurante y cuando las puertas volvieron a abrirse ya me había retirado.

Pasaron los minutos y mi padre se sintió más relajado. Tal vez no había sido yo, sólo alguien parecido.

Ana y él hablaron de cosas triviales.

A la mañana siguiente me lo topé en la entrada del periódico.

Tu madre va a estar muy decepcionada, Luis, cuánto tiempo creías que podías ocultar algo así, me dijo y me mostró un paquete de cocaína extraído de mi recámara.

Lo suficiente, contesté.

Se hizo una pausa larga.

Me miró con las manos en la cintura. El cabello ondulado, la ceja poblada, los gestos iguales a los míos

Y tú, qué le vas a decir a mi madre.

Él se mantuvo firme.

No estamos hablando de mí. Qué crees que pasará. A fin de cuentas una comida no significa nada.

Puede que signifique más de lo que crees.

No significa nada comparado con esto.

Bajé la mirada. Un viejo camión urbano de la Ruta 1 pasó a un lado de nosotros. Me mordí el interior del labio. El sol comenzó a calentarme el cabello.

Esa noche me senté frente a mi madre y le dejé ver mi problema con la cocaína. Ella me recordó por lo que *habíamos pasado, el susto y la depresión de meses, los psicólogos. Luego me preguntó algo que hasta hace poco tuvo sentido para mí: Es que te quieres morir.*

Llegada la hora, mi padre no pronunció ni una palabra.

Un año después, en una cena familiar, anunció su partida. Posteriormente lo vi dos veces, una mañana entrando en un gimnasio y una tarde saliendo del cine.

178   *Esta ciudad se ha llevado lo mejor de todos. Hace dos días un hombre le disparó a otro en una luz roja por no dar vuelta a la derecha cuando tuvo la oportunidad. Hace dos semanas un policía encendió la torreta de la patrulla y detuvo a una de mis primas por haberse estacionado sobre la avenida Ignacio de la Peña. Eran las diez de la noche. Ella le explicó que esperaba a alguien. El policía le dijo que existían agentes buenos y agentes malos y estar estacionada ahí la hacía un blanco fácil. Para qué, preguntó ella. Para cualquier cosa, agregó él. Afortunadamente su amiga salía en ese momento de la casa, subió al auto y se marcharon. Mi compañero Morena hace unos días me mostró las fotos de un auto incendiándose a media tarde en pleno centro de la ciudad. El auto era un Lexus negro muy similar al de mi padre. Estuve tentado a marcar a su celular, al final me contuve y esperé a que mi jefe tuviera algo más de información. Resultó ser el auto de un gringo robado en El Paso y utilizado en varios atracos en Juárez. Lo pienso y tal vez no sea la ciudad, es el país y el dinero, la falta y el exceso al mismo tiempo.*

Pastrana se acercó al escritorio vacío de Luna. La
pierna le dolía, se recargó en el borde. Cerró los ojos
un segundo y pensó en su tierra, en la lluvia constante del sur.

Buenas tardes, Pastrana.

Buenas tardes.

Luna colocó la taza de café sobre el escritorio. En
qué te puedo ayudar.

Pastrana le entregó un fólder.

Luna miró la primera hoja que contenía nombres
y direcciones. Y esto, preguntó.

Mujeres.

Te deben dinero.

Víctimas de violación.

Perdón.

Necesito saber a qué se dedican, qué hacen durante el día y la noche.

Vigilancia.

Sí.

Algo en específico que andes buscando.

No sé, todavía.

Algo que quieras encontrar.

Algo que quiera encontrar.

Sí.

Pastrana meneó la cabeza.

Quiénes fueron.

Quiénes fueron qué.

Con la barbilla, Luna apuntó a los moretones en el rostro. Quieres ayuda con eso también.

Pastrana meneó la cabeza.

Luna se aclaró la garganta. Para el fin de semana tendré algo.

Gracias, dijo Pastrana y comenzó a caminar hacia la puerta. Se detuvo y le dedicó una última mirada. Luna se la sostuvo y, cuando ya iba a desistir, salió de la oficina. Luna suspiró. Regresó a la hoja con los nombres, luego miró el resto del archivo, eran fotos de las víctimas; la más pequeña, una niña de ocho años, una de las mayores tenía veinticinco, otra treinta y dos. Tomó el teléfono y marcó un número.

Comunícame con Mariano, dijo. Mientras esperaba en la línea, repasó los nombres en la hoja. Doce en total.

Cuando contestaron del otro lado, él escupió un *ven* y colgó.

En menos de dos minutos Mariano estaba a su lado.

Necesito a tres más para que echen un ojo a estas mujeres.

Algunas son niñas, señor.

No seas pendejo, Mariano, vigila a la familia, a las madres, a los padres, a la abuelita.

Algo en especial que quiera que busque, señor.

Luna negó con la cabeza. No chingues, Mariano.

Mariano se quedó quieto.

Pero ya, cabrón.

Sí, señor, dijo, y se fue a buscar a los demás compañeros. Antes de salir se dio la vuelta y miró a Luna. Ya sé quién es Johnny Knoxville, señor, dijo, y antes de obtener alguna respuesta retomó su camino.

Luna lo vio marcharse.

Por la estación se rumoraba de las andanzas sórdidas del agente Pastrana, y no era ningún chisme cómo trataba a los delincuentes. Se preguntó si algo tenían que ver los golpes en la cara y el caso del vampiro. Hizo una nota mental para echarle un ojo al archivo, pero a los cinco minutos lo olvidó.

El jefe de información pidió a Luis Kuriaki que se sentara.

Cómo estás.

Bien.

Algo que quieras compartir.

Nada.

Nada de nada.

Así es.

El jefe de información tomó un lápiz y lo volvió a soltar. Hace un año me robaron el auto en un Oxxo, mi sobrina iba conmigo. Le pedí al tipo que me permitiera bajar a la niña, al principio me dijo que no. Me acerqué a la puerta trasera y la abrí. Qué hace, me gritó, pero no contesté, saqué a la niña y vi como el tipo arrancaba. Hablé con un amigo policía y por varias semanas estuve pensando en qué haría cuando lo atraparan. Al mes, conseguí un auto similar y le dijimos a mi sobrina que al hombre ya lo habían encarcelado. Pero hasta el día de hoy no he sabido nada de él.

Luis lo miró.

No tuve nada que ver con lo tuyo.

Luis asintió.

Quería que quedara claro, sólo eso.

Está bien.

No dijeron nada por un segundo.

Cómo vas con nuestro vampiro.

Parece que se dedica a matar violadores. Al menos tres de los cuatro lo son.

Digamos los cuatro, el jefe desvió la mirada al techo como si ahí residiera lo que tenía que decir. Tendremos que cambiar nuestra nota.

Y ahora.

Un vengador, algo así como un caballero oscuro.

Se llaman vigilantes.

El de nosotros será un vengador, porque nuestro trabajo es vender periódicos. Habla con Rossana.

Está bien, pero al menos permíteme avanzar un poco más.

El jefe chasqueó los dientes. Yo hablaré con Rossana.

Está bien.

Pastrana te ha ayudado bastante.

Es buen policía.

Un desquiciado, diría yo. Qué sabe de nuestro enmascarado.

Ahora es un enmascarado.

Es más dramático así.

Que los muertos fueron violadores, pero aún no se sabe quiénes son las víctimas.

Luis, mira la ciudad, ve lo que está sucediendo, la semana pasada mataron a dos médicos y un abogado, explotó un autobomba y los zombis siguen dejando cuerpos destrozados por ahí.

Eres un romántico.

Tal vez, dijo, y dejó caer su cuerpo en el respaldo de la silla.

Luis se levantó y fue al cubículo de Rossana.

184

Creo que el jefe está enloqueciendo, después de una pausa agregó: de qué color son hoy.

Rossana se llevó una de las manos a la cintura, la deslizó dentro de los pantalones, hurgó por un segundo y jaló el elástico de sus bragas color morado.

Luis sonrió.

Cómo va tu reportaje.

Ahora es tuyo. Quieren a un vigilante.

A Batman.

Pero asesino.

Qué más tienes sobre el vampiro, preguntó Luis.

Mi amigo está por llamarme.

Gracias.

Qué vas a hacer más tarde.

Irme a casa.

Por.

No he dormido bien.

Nadie duerme bien en esta ciudad, Luis. Supiste lo de los médicos.

Sí.

Hoy no tengo nada que hacer.

Luis miró a los lados, para estar seguro de que no había nadie, y le dio un beso en la boca.

Luego fue a ver a Morena.

Pinche Luis, dijo al verlo. Se levantó, le tendió la mano.

Cómo va todo.

No mames, pinche Luis.

Ya veo, dijo, y tomó un paquete de fotos del escritorio.

Ojeó las primeras, hombres descuartizados, zapatos rotos, camisas llenas de sangre y lodo.

Once cuerpos, pinche Luis, allá por el puente Zaragoza. Setenta más en el kilómetro veinte, rumbo a Casas Grandes, en un rancho de miedo. Cabrón.

Luis dejó las fotos en su lugar. Vamos por una cerveza.

No mames.

Una sola, Morena, aquí en Sanborns.

Chingao.

Yo invito.

Chingao, repitió Morena, se levantó y se puso la chamarra de mezclilla.

En el bar, se sentaron en una de las mesas del fondo.

Pidieron dos Coronas y esperaron.

Al llegar, bebieron al mismo tiempo.

Aquí estuvo Samuel Benítez una noche antes de morir.

Benítez, el *puchador*.

El mismo.

El fotógrafo dio un trago a su cerveza. Era tu amigo.

Sí.

No te tortures.

Qué sabes del jefe de información.

Que le pinche gusta el futbol americano.

Nada más.

Que conoce a todos, pinche Luis, pero nada más. Ni siquiera pudo recuperar el carro que le robaron.

Eso dice.

No mames.

Lo siento.

Mientras esperaba los resultados de la vigilancia a cargo de Álvaro Luna, por dos noches seguidas Pastrana soñó con su prima Margarita nadando en esa alberca sin orillas y de agua oscura. Era la pesadilla de siempre que lo hacía despertar casi al amanecer y quedarse contemplando el techo estucado en blanco. El miércoles sucedió algo distinto. En el sueño, la alberca apareció solitaria y el agua había sido sustituida por una gelatina uniforme y azulina. Despertó. La calefacción estaba encendida. Miró el reloj. Eran las cinco en punto. Apenas si había dormido dos horas. La pierna le dolía. Se levantó. Fue cojeando hasta la cocina y preparó una jarra de café, pensaba en lo que significaría la alberca vacía del sueño cuando lo desperezó el zumbido de la calefacción. Tal vez significaba que, después de cinco años de búsqueda, era tiempo de dejarlo por la paz. Tal vez el asesino de violadores se encargaría de vengar su muerte y él podría dedicarse a otra cosa. Quién sabe, dijo en voz alta. Se sirvió una taza de café y se la bebió frente a la ventana oscura.

Ese miércoles, doña Carmen se rompió el pie izquierdo al resbalar en el piso del baño. La mamá de Luis Kuriaki se encargó de llevarla al Centro Médico de Especialidades. A su lado, esperó las radiografías y la consulta donde el médico le colocó la escayola. De regreso en casa, le preparó una sopa de verduras, le dijo que la llamara si necesitaba algo y se retiró.

La mamá de Luis estuvo recostada un rato en su recámara escuchando los ruidos de la calle, luego fue a la sala, tomó la novela que necesitaba leer para esa semana, se sirvió un vaso de whisky Johnny Walker, se sentó en un sofá y esperó que llegara la oscuridad, pensando en la posibilidad de resbalar y romperse un brazo, una pierna, un tobillo. Quedarse ahí tendida, sin que alguno de sus hijos la pudiera ayudar. Vació su vaso y volvió a servirse otro buen trago. Temía por su hijo, al fin de cuentas, el sueño donde él moría de un balazo casi se cumplía. Ahora soñaba que Rebeca, de la que sabía poco, siempre estaba a un lado de Luis, murmurándole algo al oído. Ya le contaría a su hija cuando la llamara. Dio un sorbo al whisky y cerró los ojos. Tal vez Rebeca era como ella y eso la aterraba.

Recordó cómo seis meses atrás de pronto abrió los ojos en medio de la oscuridad de su recámara. La luz del pasillo encendida. La cabeza rezumando un dolor punzante. Se llevó una mano al rostro. Algo en ella no le agradó. Encendió la luz. Manchas de lodo en el piso. Una botella de Glenfiddich seca a la mitad de la cama. Ambas manos cubiertas de costras de tierra. Se asustó. Qué pasó, se dijo mientras se incorporaba y atravesaba la habitación hacia el baño. Qué pasó, se repitió mientras se quitaba la tierra de las uñas bajo un chorro de agua fría. Luego miró su reflejo. Seguía borracha. Casi recordando lo sucedido cerró la llave, suspiró y bajó las escaleras hasta el garaje. La puerta del conductor del auto estaba abierta. La luz cenital encendida. En el asiento del pasajero un montón de piedras. Lo hice, se dijo. Eran las cuatro de la mañana, y como una luz que se enciende en un viejo armario la memoria recobró vida. Con una mano se tapó los ojos. Había ido a la casa de la *muchacha*, como llamaba a la pareja de su ex marido, y le había roto los vidrios. Afortunadamente nadie salió, o si lo hicieron no lo recordaba. Por un mes completo se estremeció al escuchar el teléfono esperando el reclamo y la cuenta de los gastos, pero no sucedió. Su único confidente era el vaso de whisky.

Abrió los ojos y apretó el vaso antes de soltarlo. Se percató del libro en su regazo, parecía sonreírle. Lo sostuvo con ambas manos y trató de romperlo por la mitad, al ver que era imposible lo lanzó a una esquina; el libro en el trayecto se abrió de par en par, como si fuera a volar, pero sólo logró estamparse contra la pared, como un pájaro ciego y moribundo.

Esa noche, Luis Kuriaki tuvo un sueño. Se encontraba encerrado en la cocina del restaurante donde descubrió a su padre comiendo con Ana. No sabía cómo había llegado ahí. Por más que gritaba nadie lo oía. Manojos de cilantro se pudrían en una de las esquinas, una pierna de res que colgaba al centro comenzó a moverse. Luis despertó.

Qué crees que signifique, le preguntó a Rebeca.

No tengo idea, dijo ella, y durante el resto del día Luis se sintió extraño.

La noche del jueves soñó que comía en un restaurante. De fondo sonaba la canción "Hotel California", de Los Eagles. El mesero era Santos. Me mataron, decía, y sobre la mesa colocaba un plato hondo lleno de cocaína. En algún momento, Rossana y Rebeca se sentaron a su lado. Somos Batman, dijeron a coro.

Al despertar, buscó a Rebeca en el baño.

Anoche soñé contigo, le dijo.

Ella lo miró y lo besó.

En el sueño decías que eras Batman.

Batman.

Sí.

Rebeca se lo pensó un segundo. Y si lo fuera.

No entiendo.

Qué pasaría si fuera la mujer murciélago.

Nada, supongo.

Por la tarde, Luis visitó a Rossana en su cubículo.

Soñé que eras Batman, le dijo mientras ella le mostraba el elástico naranja de sus bragas.

Batman.

Sí.

Una mujer inmadura y trastornada.

No de esa manera.

De qué manera, entonces.

No sé qué decir.

Qué hacíamos en el sueño.

Comer.

De regreso a casa se imaginó al vigilante acechando las calles desde algún escondrijo. Pensó en la manera en que seleccionaba a sus víctimas, pero no tenía la suficiente información para elucubrar al respecto. Tal vez fuera el padre de alguna de las mujeres o niñas ultrajadas. Era una posibilidad. Más tarde buscaría al agente Pastrana.

Llegó a McDonald's y pidió una Big Mac con papas y refresco grande.

A Rebeca, por su parte, le pareció curioso el sueño de Luis. Que fuera la mujer murciélago de Ciudad Juárez no sonaba mal. Tal vez algo se le escapaba. Pensando esto, se estacionó frente al parque de la colonia El Futuro y se encaminó a la casa de Alejandra. Llamó a la puerta. Cuando su amiga abrió, se saludaron, y ninguna pudo evitar mirar hacia el parque, una pequeña ojeada a la esquina donde la policía localizó al muerto.

El viernes por la tarde, Pastrana estacionó su auto frente a la casa de Adrián Valtierra. Desde el auto vigiló la entrada y las ventanas. Diez minutos después, se apeó. Cojeando fue hasta la puerta y sacó su arma. La puerta estaba entreabierta. Entró y caminó por la sala, echó un ojo rápido a la cocina y fue directo a las escaleras. Subió a la segunda planta. El cuarto donde había *platicado* con Valtierra se encontraba vacío, ya no estaba el televisor ni la cama. Revisó el baño y la estancia contigua. Miró el interior de los cajones de una vieja cómoda. Sólo ropa de mujer. Revisó el clóset. Regresó a la cocina y se quedó ahí en medio, como si algo se le hubiera pasado. La mujer de Valtierra seguía en el hospital. Se guardó el arma. Uno menos, dijo. Salió a la calle, subió al auto y se retiró.

Álvaro Luna fue llamado a las nueve de la noche del sábado. Dos cuerpos habían sido colgados de uno de los puentes peatonales sobre la avenida Tecnológico. Uno de los cuerpos tenía una cartulina color verde fosforescente engrapada al pecho y sobre ella algunos garabatos.

Sacó su celular y marcó un número. En cuanto contestaron, dijo: Dos cuerpos más, en el puente del Tecnológico. Colgó y esperó a que llegara su gente para comenzar a bajar a los muertos.

Álvaro Luna siempre quiso ser policía. Era alguna
forma de hacer justicia, pero entre más tiempo pasaba, más se alejaba de la idea romántica que tenía sobre
hacer el bien. Sin embargo, como una planta vieja, ya
había echado raíces. Alguna vez vio el programa de
Jackass, y a la primera Johnny Knoxville lo atrapó.
Siendo sincero, de alguna manera ser policía era ser
un *jackass*. Dos veces le habían disparado; la primera
sucedió apenas al mes de ingresar al cuerpo, la segunda, un sábado por la noche mientras correteaba a
un sospechoso por las calles de la Chaveña. En otra
ocasión, para sobrevivir a una tercia de maleantes
tuvo que saltar del tercer piso de un edificio hacia
un contenedor de basura. Hacía poco le había pedido a un preso, con las manos esposadas a la espalda,
que manejara una bicicleta, si lograba recorrer una
ruta determinada, lo dejaría libre. Pero la ruta era demasiado dificultosa para lograrlo y sólo hizo que el
preso, un raterillo, se rompiera un brazo. Él sabía que
Philip John Clapp, el verdadero nombre de Johnny
Knoxville, era un artista. Dejarse morder la tetilla

derecha por un lagarto o ser lanzado dentro de un escusado portátil, lleno de excremento, significaba una cosa más allá de una travesura. Lo discutió con amigos. Luego, un rayo de luz aclaró cualquier duda. En Internet, dos años atrás, localizó un largo manifiesto firmado por Knoxville, un viejo escrito donde ponía en claro las razones plausibles por las que él y su colectivo realizaban dichos actos. Las razones: ejemplificar la represión del mundo y la violencia de nuestros tiempos. El documento citaba a Jack Kerouac, la novela *El club de la pelea* del escritor Chuck Palahniuk, un libro de Bukowski, y sobre todo a Chris Burden. Luego, la página fue borrada.

Desde entonces, Álvaro Luna se volvió mejor policía. Antes de lanzarse sobre alguien o atravesar un callejón oscuro donde le disparaban desde el otro extremo, se preguntaba: Esto haría Johnny Knoxville.

Se volvió un hombre admirado. Algunos lo llamaban valiente, pero eso estaba lejos de ser verdad, era un artista, un *jackass*. Luego, el teniente Martínez lo ascendió. Eso era mejor, por supuesto, pero de vez en cuando extrañaba sus actos extremos a media calle. También, tanto muerto lo perturbaba. No había noche que no soñara algo terrible. Últimamente tenía pesadillas donde Johnny Knoxville moría en un accidente automovilístico, al igual que su amigo Ryan Dunn, miembro fundador del colectivo Jackass.

Pastrana llegó a la estación cuarenta y ocho, a las once de la mañana del domingo. Ahí estaba Luna.

Listo, le dijo, y le tendió un sobre amarillo.

Pastrana tomó el paquete. Gracias, contestó, se
dio la media vuelta y comenzó a caminar hacia la
puerta.

Necesitas ayuda, le preguntó Luna.

Pastrana se detuvo como si fuera a decir algo,
pero reanudó su andar.

Si necesitas ayuda..., dijo Luna, luego murmuró
para sí: Es algo que Johnny Knoxville haría. Miró salir a Pastrana de la oficina y dar vuelta en el corredor
a la derecha, hacia el estacionamiento.

Pastrana llegó a casa y miró el mapa y las fotos de
los asesinatos. Quién, dijo, y retiró el reporte del sobre, comenzó a leer fechas, horas, lugares, personas.
Estudió el archivo de Carlos García Miranda. Con
detenimiento analizó las actividades realizadas por
el padre de una de las niñas ultrajadas durante esos
días, y fue colocando puntos en color rojo sobre el
mapa. Hizo lo mismo con los demás padres de las

víctimas. Para las cinco de la tarde había terminado, pero el mapa no reflejaba ningún patrón, al menos no a simple vista.

Pastrana fue a la cocina y preparó una jarra de café. Se sirvió una taza y regresó a la sala. Leyó de nuevo el reporte. Miró hacia la calle y volvió la vista a las páginas. El celular sonó y lo ignoró. A las siete de la tarde preparó otra jarra de café. El celular repiqueteó una vez más y al cuarto timbre, sin mirar la pantalla, contestó. Era Luis Kuriaki.

Buenas noches, agente.

Buenas noches.

Algo nuevo.

Nada.

He estado pensado que tal vez el asesino sea el padre de alguna de las víctimas de los muertos.

Y llegaste solo a esa conclusión.

Sí.

Los padres de las niñas, según lo que tengo aquí, no son.

Tal vez algún tío.

Pastrana colgó.

Entonces analizó una vez más el reporte de vigilancia, estudió las fotografías incluidas, los padres subiendo al camión para ir a trabajar, comiendo un burrito en algún puesto, contestando el teléfono, las madres en el súper, cargando gasolina, haciendo la fila de las tortillas. Regresó las páginas y en algún momento marcó una, luego una más y otra más. Se levantó de su lugar, miró los papeles y se pasó una mano por la boca.

Tomó las llaves de auto y el reporte de vigilancia, se vistió la chamarra y salió a la calle.

Se dirigió hacia el oeste y en la avenida Valentín Fuentes giró hacia la Parroquia de la Sagrada Familia, volteó sobre Salvador Novo, pasó Balzac para así llegar a la calle Pablo Neruda. Ahí estaba el parque donde hallaron el cuerpo de Adrián Soto Heredia. Estacionó el auto, se apeó y miró hacia los lados. Localizó la entrada al parque y caminó hacia el área de juegos. Ahora sólo era un espacio como tantos otros para jugar o platicar. Por lo que sabía, ni siquiera acordonaron el área. A unos cuantos metros se encontraba la casa que buscaba. El aire helado hizo que metiera las manos en los bolsillos de la chamarra de piel. Para no causar sospechas, regresó al auto y esperó. Cuando el reloj marcó las ocho con ocho minutos, un Ford Fiesta blanco se estacionó frente al número diez. Una mujer de cabello negro bajó del auto, llamó a la puerta, luego de esperar unos segundos, se abrió y la mujer desapareció en el interior de la casa. Veinte minutos después llegó una decena de mujeres. Pastrana reconoció a un par de ellas y las buscó en el reporte para estar seguro. En la esquina se juntaron algunos muchachos, varios fumaban y de vez en cuando, en medio de su plática, uno reía a carcajadas. A las nueve con cinco minutos, las mujeres salieron de la casa. Pastrana no se movió de su lugar hasta la una de la mañana, cuando la mujer del Ford Fiesta se retiró. Lo pensó un segundo antes de encender el auto. Esa noche no haría nada, ya volvería.

A Luis Kuriaki no le importó que Pastrana le colgara el teléfono. Pronto se enteraría de los pormenores en el reporte que conseguiría por medio de Rossana. Se acercó a la ventana y miró la casa de su amiga. El auto estaba en su lugar.

Tengo hambre, dijo en voz alta.

Extraño las hamburguesas, contestó su amigo yonqui muerto.

Luis asintió. También tengo ganas de una raya.

Ahí la tienes.

Sí, dijo Luis, y miró hacia el buró. Si lo hago tendré que internarme mañana en el hospital.

Su amigo yonqui muerto no dijo nada.

Pero con gusto me comería una hamburguesa.

Una hamburguesa, repitió su amigo yonqui.

Luis miró el reloj. Era hora de marcharse al trabajo.

Lo primero que hizo al llegar fue visitar a Rossana.

Algo nuevo.

Paciencia, Luis.

Hablé con Pastrana.

Innecesario.

Ya sé.

Cuál es la prisa.

El tiempo de pronto parece estancarse.

Sabes de qué color son ahora.

A ver.

Rossana que vestía una falda roja, abrió las piernas y Luis pudo ver que no traía bragas.

Me gusta ese color.

A mí también.

Vas a ir a mi casa.

No lo sé.

Te invito.

A las doce de la noche llegó a casa, al ver que no estaba su vecina, marcó el celular de Rossana.

Necesito verte.

Te quedaste solo.

Digamos que no está Rebeca.

Entonces estás solo.

En casa tengo fantasmas.

Ven.

Luis colgó, y antes de poner en marcha el auto y acelerar, miró hacia su recámara oscura, ahí estaría su amigo yonqui, oteando la calle desde la ventana.

Mientras dormía al lado de Rossana, tuvo un sueño, del cielo llovían cientos y cientos de hamburguesas. Cuando las hamburguesas le comenzaron a llegar al cuello, despertó. Aún era de noche.

Hace tres meses las hamburguesas ni me gustaban tanto, dijo, ahora sueño que me ahogo en ellas.

Rossana lo abrazó.

Hay fantasmas en mi casa, le dijo Luis.

Duerme un poco más.

No sé, dijo Luis, y sus ojos comenzaron a cerrarse y la lluvia de hamburguesas se reanudó.

En la pesadilla, Samuel Benítez apareció a su lado y le dijo: Todo va a salir bien, todo estaba bien. Y de alguna manera tenía razón, lo podía sentir en los huesos, dejó que las hamburguesas lo cubrieran por completo y que la penumbra lo arropara. Le dijo que viviría muchos años.

Cómo, preguntó Luis.

Como debe ser, le dijo su amigo yonqui muerto.

Qué hiciste.

No pude hacer mucho, dijo su amigo, y suspiró. Al menos ya no te molestarán más, agregó y se quedó callado, luego de un rato apuntó: Me parece que los días cada vez duran menos.

Qué sigue ahora.

Me voy a buscar a mi padre.

Te vas.

Sí. Cuida a tu amiga.

A quién.

A ella, dijo la voz.

Quién, preguntó Luis, pero ya no le contestó. Cuando abrió los ojos era de mañana. Rossana dormía. Al escuchar su respiración sintió alivio.

Alejandra Salazar sirvió agua caliente en una taza blanca, colocó dos bolsitas de té de manzanilla dentro y dejó el calor del agua trabajar en la infusión; pensó en Rebeca y se miró las manos. Tenía las uñas mordidas y gastadas. Tengo que dejar de hacer esto, dijo.

Miró el reloj y confirmó lo tarde que era. El timbre de la puerta sonó. No esperaba a nadie. Atravesó la pequeña sala a oscuras y entreabrió la puerta hasta donde lo permitió la cadenita de seguridad. El rostro duro de Pastrana estaba ahí. Un impulso hizo que cerrara de golpe. Aprovechó para encender la luz de la sala.

Quién es, preguntó.

Policía.

Necesito ver alguna identificación.

Aquí está mi placa.

Alejandra volvió a abrir la puerta. Miró al policía. Cerró los ojos y suspiró. Descorrió la cadenita y abrió una vez más.

Me gustaría platicar con usted unos minutos.

Alejandra estudió un segundo el rostro severo del agente.

Me imagino que no tengo opción.

Siempre hay más de una opción, pero no es de mí de quien se tiene que preocupar.

Alejandra se mordió un labio y se hizo a un lado.

Pastrana entró.

La sala era pequeña. Al fondo, la cocina y un corredor que llevaba a las recámaras, ahora oscuro.

Intercambiaron miradas.

He investigado el trabajo que ha hecho hasta el día de hoy y me conmueve, dijo Pastrana.

Ayudamos poco.

Yo diría que ayuda bastante.

Alejandra indicó los sillones con una mano.

Ambos avanzaron. Ella se sentó frente a él, con las manos sobre las piernas.

Le decía que me conmueve su trabajo.

Es un grupo de ayuda, solamente.

Creo que es más que eso.

Por qué lo dice.

Viviana Ochoa y su madre, Sara Olivares, por ejemplo.

Han sufrido mucho.

Usted misma, con la desaparición de su hija, Isabel.

Isabel, dijo ella.

Le digo que conozco muy bien su trabajo. A las mujeres que ayuda.

Qué está insinuando.

No tiene de qué preocuparse. Pero estoy en medio de una investigación y me gustaría saber si usted conoce a Carlos García Miranda.

No, dijo, luego agregó, no sé.

Yo creo que sí.

Fue quien agredió sexualmente a Sara Olivares.

Entre otras niñas.

Sí.

Sabe quién es Adrián Soto Heredia.

Alejandra se mordió un labio y se pasó una mano por la frente.

Sé quién fue él.

Fue.

Leí el periódico.

Y sucedió justo a unos metros de su casa.

Demasiado cerca.

Debió de haber sido terrible.

La tarde que sucedió vi gente en el parque y luego las patrullas y al final una ambulancia.

Pastrana miró el rostro de Alejandra Salazar, las manos, la postura en el pequeño sillón. Su trabajo es peligroso, dijo.

No han pasado de ser amenazas telefónicas, hemos tenido más suerte que otras compañeras.

Pastrana sacó unas fotos del interior de su chamarra de piel y las colocó sobre la mesa. Rogelio Carlo y José Peredo terminaron igual que Carlos García y Adrián Soto, dijo, pero Alejandra no desvió la mirada del rostro del agente.

Tal vez hasta se sienta un poco más segura sabiendo que estos ya no pueden hacer daño a nadie más de su grupo.

Tal vez. Aun así, no sé qué está haciendo aquí, en mi casa.

Las muertes me trajeron a su puerta. Mire, hace un año investigaba a un criminal igual de peligroso que estos. Lo busqué por meses hasta que un día, en una vulcanizadora, cuando reparaba la llanta del auto, lo vi. Era uno de los trabajadores, junto con uno de sus amigos, también con problemas legales. Las coincidencias suceden. Alguien muere y hay que seguir el rastro que deja. Un muerto dice muchas cosas y por ellos, Pastrana señaló las fotografías sobre la mesa de centro, la conozco a usted y su asociación.

Alejandra no respondió.

Si necesita contarme algo de estos tipos, puede confiar en mí.

No tengo nada que decir.

De ellos ya nadie se tiene que preocupar, pero... no sé, no puedo decir más.

Gracias por su visita, dijo Alejandra, y se puso de pie.

Pastrana hizo lo mismo. Gracias por su tiempo, dijo, inclinó la cabeza en forma de saludo y salió de la casa. El frío se había intensificado. Lo sentía en los ojos. El primer invierno que vivió en Ciudad Juárez utilizó los lentes negros a toda hora, así el aire helado no lastimaba tanto. Se imaginó a Alejandra Salazar en el umbral de la puerta. Caminó hacia el parque y sobre la calle Pablo Neruda giró. Contó los minutos y cuando intuyó que ya no lo miraban, recorrió el perímetro completo hasta subir a su auto. Había lanzado el anzuelo. Ahora necesitaba ser paciente.

A las diez de la noche, el Ford Fiesta blanco del día anterior se estacionó frente a casa de Alejandra Salazar, la mujer de cabello negro bajó y llamó a la puerta.

Cuando el reloj del auto marcó las once de la noche, la mujer de cabello negro salió de la casa, subió al Ford y arrancó.

Pastrana giró la llave en el interruptor, siguió a la mujer. En un semáforo distinguió las placas y las anotó en una libreta roja.

Rebeca recibió la llamada a las nueve de la noche en casa de Luis Kuriaki, donde estaban por cenar.

Hola, dijo Rebeca.

Vino la policía, contestó Alejandra del otro lado de la línea.

Sí, dijo Rebeca, y colgó.

Quién era, preguntó Luis.

Trabajo.

Te ves preocupada.

Es sólo trabajo, dijo, y comieron en silencio. Al final, se despidió y agregó: Regreso pronto.

Fue por las llaves del auto, montó en él y se dirigió a casa de Alejandra Salazar.

Cómo son los policías, le preguntó cuando la tuvo enfrente, sentada en la penumbra de la cocina.

Era solamente uno.

Cómo es.

Amenazante.

Qué es lo que sabe.

Dice que confiemos en él.

Y eso qué significa.

No significa nada, supongo.

Exacto, Alejandra.

En algún sitio de la casa, la madera crujió.

Durante el trayecto de regreso distinguió un Chrysler azul detrás de ella. Para confirmar la sospecha, dio algunas vueltas en las calles siguientes.

Justo cuando iba a tomar la luz verde para entrar en El Campestre, las luces del Chrysler comenzaron a centellar. Rebeca encendió las intermitentes, disminuyó la velocidad y buscó la luz de un arbotante para detenerse. Bajó el vidrio de la ventanilla. Metió la mano en el bolso y esperó.

Una ráfaga de aire frío le acarició el rostro. Por el espejo retrovisor vio que un hombre descendía del auto con una linterna encendida en la mano izquierda.

El policía, dijo Rebeca.

Escuchó los pasos sobre el pavimento hasta que el agente estuvo frente a ella. Un rostro adusto. Una mirada aguda.

Necesitamos hablar, dijo Pastrana.

No creo haber cometido una infracción, oficial.

Le pido unos minutos de su tiempo, por favor. No podía esperar a que llegara a casa, dijo Pastrana.

Rebeca aprovechó para retirar de su bolso el aparato negro que disparó contra el pecho del agente.

Pastrana cayó.

Por un segundo Rebeca pensó que la descarga eléctrica no sería suficiente para someterlo. El rostro del agente apenas si se deformó, hizo un último intento para sujetarse a la puerta del auto y no caer, pero fue insuficiente. Rebeca se apeó. Las manos le temblaban. Con esfuerzos sujetó a Pastrana de los brazos y lo acercó a la acera.

Algo murmuró Pastrana, era un sonido gutural muy débil.

Rebeca miró en derredor. La calle desierta, las casas en silencio. El cerro Bola en la distancia, con su luz roja titilante. Se quedó al lado del agente unos tres minutos, al ver que comenzaba a recuperar la movilidad, subió al auto y se perdió en la noche.

Entró en casa de Luis Kuriaki, fue al segundo piso, se desnudó en la recámara y se deslizó entre las sábanas hasta quedar a su lado. Le gustaba sentir la piel del muchacho. Lo siento, le dijo al oído, y se quedó pensando en lo que debía hacer.

Luis Kuriaki entró en su casa a las doce de la noche. Había sido un día difícil. El jefe de redacción le pedía avances en el caso del supuesto vigilante, pero Rossana no tenía nada al respecto. Su contacto en la policía no lograba ningún progreso. O el asunto estaba velado. Quién sabe. Fue a la cocina, abrió el refrigerador y tomó una cerveza. Cuando se dirigía al comedor para sentarse, vio a Pastrana de pie al lado de la mesa, entre la penumbra.

Buenas noches, Kuriaki.

Lo podría denunciar por allanamiento de morada, pero me imagino que no serviría. Se acercó a una silla y dejó la botella sobre el mantel. Ambos tomaron asiento.

Conoces a Rebeca Alcalá Ortiz.

Es mi vecina.

Es más que tu vecina.

Hace cuatro días que no la veo.

Qué sabes de ella.

Que es de Cuernavaca.

Por alguna razón te creo.

No me importa si lo hace o no.

La familia de Rebeca Alcalá vive en El Paso. Ella es gringa, sus padres son españoles.

Luis se quedó callado.

Sabes en qué trabajaba.

En una asociación para víctimas de violencia. Atendía a mujeres agredidas sexualmente.

Pastrana suspiró.

Tuvo algún accidente.

No creo.

Entonces está involucrada en algo malo.

No precisamente, dijo Pastrana, luego se levantó y enfiló hacia la puerta.

Me va a contar lo que pasa, preguntó Luis Kuriaki.

Pastrana se detuvo. Digamos que no tiene importancia.

Entonces a qué vino.

A confirmar que no sabes nada, Kuriaki.

No sé nada.

Eso parece.

Le invito una cerveza.

Pastrana salió de la casa sin responder.

Por la ventana, Luis miró subir al agente a su auto y marcharse. Enseguida marcó el celular de Rebeca y la llamada se desvió al buzón de voz. Hacía cuatro días que no sabía de ella. Nada raro. Sin embargo, si Pastrana preguntaba por ella, era que algo importante pasaba.

Por qué, dijo en voz alta y miró hacia la casa de

Rebeca. Oscura a esa hora como tantas otras veces. Subió al segundo piso y fue a su recámara.

Estás ahí, preguntó, pero ya sabía la respuesta.

Pensó en la cerveza del comedor. En el vaho acumulándose en la botella, en el aro de agua que ya se estaría formando sobre el mantel.

Alejandra Salazar abrió la puerta. Ahí estaba de nuevo el rostro inflexible de Pastrana. Se hizo a un lado y el agente avanzó hasta la sala y tomó asiento en el sillón de la vez anterior.

Después de estar sentados un rato sin decir nada, Alejandra Salazar suspiró. No sé dónde se encuentra.

No importa. Dígame si usted le ayudaba en algo.

Le di los nombres.

Sabe que usted es cómplice.

Lo entiendo.

Pero no le importa.

Claro que me importa.

Supongo que eran amigas.

Desde la primera vez que puso un pie en esta casa. Esa misma noche se sentó donde ahora está usted y relató cómo un militar ultrajó a su hija. Ella lloró y nosotras la consolamos. Tal vez su hija ni haya existido, ni nada de eso.

Tal vez, dijo Pastrana. Quién más la ayudaba.

No sé. Quizá lo haya hecho sola.

No es un trabajo para una sola persona. Pastrana

se pasó una mano por la barbilla. Por qué intercambiaron la ropa de los cuerpos.

Ya le dije. Haya hecho lo que haya hecho no me arrepiento de nada.

Creo que en el fondo está arrepentida y eso importa. Cuántas noches tiene sin dormir. Usted no está hecha para estas cosas. Lo puedo ver en sus ojos. Pastrana se levantó del sillón y se despidió con una ligera inclinación de cabeza.

Alejandra Salazar lo acompañó a la puerta. Qué va a pasar conmigo.

No se preocupe, ni siquiera la conozco, nunca he estado aquí.

Al asegurar la entrada con la cadenita, vio que las manos le temblaban, notó sus uñas mordidas, hizo un puño para esconderlas y no recordarse a sí misma el mal hábito adquirido desde los seis años. Tengo que dejar de hacer esto, dijo.

Pastrana subió al auto. El frío ya había disminuido un poco y en cuanto menos lo pensara comenzarían los aires de marzo. Las tormentas de arena. Cerró los ojos y recordó la lluvia constante de Xalapa. El verde intenso que su memoria pintaba para él. Pero ahora estaba acá. Y era el día en que no podía dar con su prima Margarita. Por ahí estará, escondida en algún sitio o tal vez muy lejos, en Estados Unidos, en Canadá, en Europa. Sentía impotencia y cansancio.

Apretó el volante con ambas manos y estudió el cielo despejado, ni una nube sobre él. Como si se hallase en la profundidad de una alberca.

Luis Kuriaki retiró del fondo del buró la vieja bolsita de cocaína, fue al baño y levantó la tapa del re-
trete. Se mordió el labio inferior y se quedó así un
momento, viendo el blancor del inodoro. Después de
suspirar, apretó la bolsita en su mano y la regresó
a su antiguo escondite. Tomó el juego de llaves de la
casa de Rebeca que ella le entregó al poco tiempo de
conocerse. Atravesó la calle y entró. Muy pocas veces
había estado ahí. Rebeca era quien dormía y cenaba
en su casa. Sobre la mesita de centro en la sala, descubrió una carta con su nombre escrito a mano. La
abrió. Solamente decía: Lo siento. Eran las mismas
palabras que escuchó de sus labios la última noche
que durmieron juntos. A su lado reconoció el botón
rojo de uno de sus abrigos preferidos. Subió al segundo piso. En los cajones del armario encontró un
pantalón de mezclilla desgatado y dos camisetas oscuras. La cama estaba hecha. Intacta. La luz que entraba por la ventana se reflejaba en el espejo del peinador y caía sobre una silla de caoba. Por alguna
razón intuía que Pastrana había estado ahí. Por qué

el agente estaría preguntando por Rebeca. Tendría que ver con el caso del asesino del calibre 22. Tal vez, pero en qué forma. Luego se marchó.

En la oficina visitó a Rossana.

Cómo estás, le preguntó ella.

Bien.

El jefe me pidió que terminara la nota del vengador anónimo, dijo ella, y arrugó el entrecejo.

Sí.

El reporte policiaco del asesino quedó a medias, Luis. Mi amigo piensa que le dieron carpetazo. Desde hace dos semanas no sabe nada, no ha sucedido nada.

Como tantas otras cosas, agregó él.

Dicen que a Julio Pastrana lo destituyeron, por golpear sospechosos, pero no es cierto, se tomó unas vacaciones, tal vez puedas hablar con él.

Te puedo ver en la noche.

Por supuesto.

Estoy trabajando en un cuento.

De qué trata.

Un día la ciudad comienza a arder.

Pero de qué trata.

Luis la observó. La muchacha vestía pantalones de mezclilla. De qué color son ahora, le preguntó.

Rojos.

En el cuento eres tú quien incendia la ciudad.

No soy capaz ni de matar una cucaracha.

En el cuento sí. Más que eso. Hasta serías capaz de disparar un revólver.

Cuántas cuartillas llevas.

Es la pura idea, me falta aterrizarla.

Lo más difícil, dijo Rossana.

Yo diría que lo más fácil, contestó él.

La muchacha le acarició la mejilla. Te espero en mi recámara, a las doce de la noche, le dijo, y le plantó un beso.

A mediados de marzo al agente Álvaro Luna le fue asignado el homicidio de dos jóvenes en el Parque Central, al sur de Ciudad Juárez. Los cuerpos fueron abandonados cerca del lago norte. Antes de bajarse del auto, jaló aire, como si estuviera por zambullirse en una alberca. Atravesó el estacionamiento vacío hasta llegar a los cadáveres. Los dedos de sendas manos derechas los tenían cercenados. Con la punta del zapato abrió la boca de uno de ellos, ahí estaban alojados. Soplones pendejos, dijo y contuvo las ganas de vomitar. Desvió la mirada hacia unos sauces quemados por la helada de diciembre. Qué haría Johnny Knoxville en casos como este, se preguntó, y se llevó las manos a la cintura. Recordó la vez que el *jackass* mayor, con ojos vendados, fue embestido por un toro enorme. Según Johnny, la idea detrás de eso era el sistema capitalista golpeando a la clase trabajadora. Así se sintió en ese momento, como si todo un sistema lo hubiera golpeado en los testículos.

Tomó el celular y marcó el número de Rossana, cuando contestaron del otro lado de la línea, dijo:

Dos cuerpos más, al parecer soplones, después te platico con detalle.

Colgó y marcó el teléfono de Mariano. En dónde estás.

Estoy a una cuadra.

Si eres el de la pinche sirena, mejor apágala.

Disculpe, señor.

Chingao, Mariano. Viene contigo Vizcarra.

Sí, señor.

Álvaro Luna cortó la llamada.

Después de acordonar el área y revisar los cuerpos, Luna y Vizcarra fueron al bar del Hotel Casa Grande. Mientras esperaban las cervezas, se quedaron oyendo el tráfico amortiguado de la Panamericana. De pronto Vizcarra miró a Luna. Qué haces de todo esto, dijo.

Te refieres a tanto cadáver.

Sí.

Al principio no me importaba, pero entonces comenzaron las pesadillas.

Igual, dijo Vizcarra, y guardó silencio cuando el mesero colocó las cervezas frente a ellos.

Álvaro Luna dio un trago largo a su cerveza y suspiró lleno de satisfacción. El cabello peinado hacia atrás y bien engominado reflejaba la luz de una lámpara sobre ellos.

Vizcarra limpió el pico de la botella con su mano y bebió. Le tienes miedo a la muerte, preguntó.

Tengo miedo de las cosas que no podré hacer.

Dame un ejemplo.

Ver películas. Imagino la cantidad de películas que no veré más y me da vértigo. Habrá otras cosas, pero ahora pienso en eso.

Vizcarra limpió el vaho de la botella con uno de sus dedos.

Sabiendo que hasta el día de hoy no has visto todas las películas hechas por todos los directores de todo el mundo, de alguna manera ya estás muerto.

Álvaro Luna sopesó la idea. No lo había pensado, dijo, y se dejó caer sobre el respaldo de la silla.

De regreso en la oficina, leyó el reporte de Mariano sobre el hallazgo de los cuerpos en el Parque Central. Subrayó algún enunciado, marcó un punto seguido y agregó una s a la palabra *cadávere*. Fue a la fotocopiadora, hizo dos tantos, uno lo turnó a Martínez y el otro lo archivó en un fólder rojo y lo metió en un cajón rebosante de fólderes rojos. Miró el lugar vacío de Pastrana y se masajeó las sienes.

Esa noche, antes de llegar a casa, pasó a un Superette del Río y se compró una botella de Johnny Walker. En la oscuridad de su cocina se bebió la mitad. Gracias al alcohol, al día siguiente no recordó ni uno de los sueños que tuvo. Ni siquiera aquel donde bebía cerveza con Johnny Knoxville, en alguna montaña rusa en marcha. Ambos eras felices.

220   Luis Kuriaki, desde su recámara, vio a una pareja jo-
      ven con dos niños pequeños mudarse a la que fuera
      la casa de Rebeca. La mujer era alta y rubia. El hom-
      bre, delgado y moreno. Algunos muebles, entre ellos
      la mesita de centro, quedaron a la intemperie sobre la
      acera, hasta que el camión de la basura los retiró un
      día después.

El ruido de algo férreo contra el pavimento de la calle me despertó. Miré el reloj. Eran las cinco de la mañana. Por la ventana descubrí una ligera neblina envolviéndolo todo. Pensé en despertar a Rossana, pero al final decidí quedarme ahí, de pie, mirando el paisaje fantasmagórico, pensando en lo sucedido en los últimos meses. Como si una película estuviera por terminar y faltaran cosas por decir.

Con ayuda de Morena y sus contactos, conocí la dirección de Rebeca en El Paso, Texas. Aunque sé que no estará ahí, he decidido cruzar el puente y visitar a sus padres. Me pregunto si en verdad su madre se parece a ella, si tiene sus ojos, como alguna vez me dijo. Dos veces he llamado al agente Pastrana y he tratado de persuadirlo para que me cuente el interés que tiene, o tenía, sobre Rebeca, pero apenas escucha mi voz, cuelga. Cada vez estoy más seguro de que Rebeca tiene algo que ver con el asesino del calibre 22.

Por las noches tengo malos sueños, pero al despertar no recuerdo nada, sólo me queda esa sensación de haber estado envuelto en gritos y sombras que murmuran.

Hace dos días fui a visitar a mi madre, hablamos de cualquier cosa. Mientras ella sostenía su vaso medio lleno de whisky, en algún momento volvió a insistir en que buscara a mi padre, que lo llamara. Lo haré, no hay duda, sin embargo, sé que cuando levante el teléfono y escuche su voz no podré decir nada. Me quedaré callado, mordisqueando un gran bocado de vacío y rencor.

Mientras, la película continúa, yo me levanto todos los días y siento esa ansia y miro el buró en la esquina y antes de hacer cualquier cosa, me baño y salgo a recorrer las calles y por las noches visito a Rossana. Los superhéroes siguen sin aparecer y sin solucionar el mundo. Sé que en algún lugar Rebeca estará durmiendo o pensando en las cosas que hizo en Ciudad Juárez. Luego, la noche regresa para comenzar de nuevo la faena. Despertarse, recorrer las calles y acostarme con Rossana. Ver muertos en las esquinas, incendios.

En algún momento de la película, con la canción "Sombras nada más", de Javier Solís, como fondo, correrán los créditos sobre una fotografía vieja y luego otra y otra más de mi padre. Detrás del volante del primer auto que tuvimos o en el sillón rojo de la casa sobre la Valentín Fuentes, con un vaso de agua mineral descansando en el muslo de la pierna derecha, más joven de lo que soy ahora, con los ojos bien abiertos, listos para recibir el futuro.

El agente Pastrana llegó a la escena del crimen a las diez de la noche. Dos grados bajo cero, diciembre, el cielo cerrado. Apagó el motor. Se apeó del auto y miró en derredor. El callejón negro frente a él, y al este, la luz amarilla de un arbotante cuidando el gimnasio Nery Santos. Se acercó al edificio derruido y abandonado. La llamada de un gringo perdido por el centro, tal vez en busca de alguna prostituta, había llegado a la estación veinte minutos antes, con la noticia de un cadáver nuevo.

Desenfundó el arma y llevó el dedo al gatillo. Sintió la textura del metal. Un perro ladró. Alguien cerca escuchaba música de banda. Por las remodelaciones en el centro y los constantes atracos cometidos por delincuentes y policías, casi nadie cruzaba por ahí.

El agente desenfundó su linterna con la mano izquierda y la encendió. Entró en una especie de patio, un cuarto a medio construir. Avanzó por el húmedo piso de tierra y grava, en algún momento giró a la derecha y perdió la poca luz que recibía de la calle. Ahí estaba la entrada sin puerta de un cuartucho. Qué andaría haciendo el gringo por aquí, pensó Pastrana. Desde el umbral distinguió los pies desnudos del muerto. El haz de luz iluminó las paredes blancas y cuarteadas, pintas ilegibles con aerosol rojo y negro. En un rincón, el ojo de un gato se encendió, el animal cruzó la vivienda y por un pequeño orificio escapó al patio y se perdió entre maderas viejas y varillas con óxido. Había costales deshilachados y rebosantes de escombro cerca del cuerpo, el techo estaba descarapelado y un olor rancio se revolvía con el aire frío. Antes de entrar, Pastrana miró hacia atrás, como si recordara algo, luego dio el primer paso. Iluminó el cuerpo. Un hombre desnudo con las manos atadas detrás de la espalda y la ropa a un par de metros de él. El muerto tenía un ojo abierto que apuntaba hacia el norte. El agente se sentó sobre sus talones, se masajeó los ojos y acercó la luz a la cabeza. Un orifico destacaba en la frente. Uno solo. Un calibre pequeño. Ni un rastro de sangre en el suelo. El agente Pastrana se puso de pie, con la mano libre se tocó el pecho y apagó la lámpara, de inmediato la noche concentrada en aquel cuartucho lo devoró. Escuchó un auto acercarse. Tal vez fuera Luis Kuriaki. Su boca dibujó lo que parecía una sonrisa. La oscuridad era tal que nadie hubiera notado aquella mueca.

Agradecimientos

Gracias a Luis Jorge Boone, Luis Chaparro y Guillermo Quijas, por el trabajo, las historias y la oportunidad.

Agradecimientos

Títulos en Negra

Toda la sangre
Bernardo Esquinca

Al lado vivía una niña
Stefan Kiesbye

El percherón mortal
John Franklin Bardin

Otras caras del paraíso
Francisco José Amparán

Títulos en Narrativa

Mar negro
Demonia
Los niños de paja
Bernardo Esquinca

El hombre nacido en Danzig
Mariana Constrictor
¿Te veré en el desayuno?
Guillermo Fadanelli

Barroco tropical
José Eduardo Agualusa

Emma
El tiempo apremia
Poesía eras tú
Francisco Hinojosa

Aprender a rezar en la era de la técnica
Canciones mexicanas
El barrio y los señores
Jerusalén
Historias falsas
Agua, perro, caballo cabeza
Gonçalo M. Tavares

25 minutos en le futuro. Nueva ciencia
ficción norteamericana
Pepe Rojo y Bernardo Fernández, Bef

Ciudad fantasma. Relato fantástico de la
Ciudad de México (XIX-XXI), tomos I y II
Bernardo Esquinca y Vicente Quirarte

El fin de la lectura
Andrés Neuman

La sonámbula
Tras las huellas de mi olvido
Bibiana Camacho

Latinas candentes
relato del suicida
Fernando Lobo

Ciudad tomada
Mauricio Montiel FIgueiras

Juárez whiskey
César Silva Márquez

Tierras insólitas
Luis Jorge Boone

El hijo de Míster Playa
Mónica Maristain

Hormigas rojas
Pergentino José

Bangladesh, tal vez
Eric Nepomuceno

Purga
Sofi Oksanen

Cuartos para gente sola
Por amor al dolar
Revólver de ojos amarillos
J. M. Servín

¿Hay vida en la Tierra?
Los culpables
Llamadas de Ámsterdam
Plameras de la brisa rápida
Juan Villoro

LA BALADA DE LOS ARCOS DORADOS

de César Silva Márquez
se terminó de
imprimir
y encuadernar
el 15 de agosto de 2014,
en los talleres
de Litográfica Ingramex,
Centeno 162-1,
Colonia Granjas Esmeralda,
Delegación Iztapalapa,
México, D.F.